반듯한 세영 씨

반듯한 세영 씨

김영숙 장편소설

문학여행

01.

독일 베를린 U대학, 한 강의실 안 풍경이 흡사 일시 정지된 화면 같았다. 나란히 앉아있는 세 명의 교수도, 맞은편에 살짝 고개를 숙인 채 서 있는 세영도 아무 움직임이 없다. 세영의 지도교수인 베르크만 교수와 양 옆의 노교수, 젊은 교수 모두 잔뜩 피곤에 지친 표정이다. 한쪽 구석에서 좀 전의 대화 내용을 노트북에 옮기는 여자 서기의 손가락만 소리 없이 빠르게 움직였다.

무려 두 시간 동안 세영은 교수들의 무차별적 질문에 시달렸다. 마치 고문대 위에서 영혼이 한 꺼풀씩 다 까발려지는 느낌이었다. 그러다 한 순간, 약속이나 한 듯 강의실에 정적이 무겁게 내려앉았다. 세영은 오히려 이 얼어붙은 침묵이 더 견디기 어려웠다.

이윽고 노교수가 박제에서 되살아난 듯 한 손으로 안경을 벗더니 손가락으로 눈 주위를 지그시 눌렀다. 이제 그만 면접을 마쳤으면 하는 동작임이 분명했다. 베르크만 교수가 안면 근육을 풀며 침묵을 깼다.

"자, 그러면 면접은 이 정도로 할까요?"

"그러시죠."

노교수가 기다렸다는 듯 말했다. 순간 무사히 마쳤나 보다, 다행히 독일어도 크게 막히지 않았다는 생각이 세영의 뇌리를 스쳤다. 베르크만 교수가 고개를 돌려 옆의 젊은 교수 얼굴을 쳐다봤다. 세영의 시선도 따라 움직였다. 그의 얼굴은 여전히 겨울 산 빙벽처럼 단단히 굳어 있었다. 오히려 아까보다 미간의 주름이 날카로운 콧날을 중심으로 더 깊어 보였다. 젊은 교수가 세영의 얼굴을 똑바로 쳐다보며 다시 한번 논문의 요지를 말해보라고 했다.

세영의 속눈썹이 파르르 떨렸다. 젊은 교수의 눈빛이 뇌수를 뚫어버릴 것처럼 달려들자 머릿속이 텅 비워지면서 몸이 앞으로 기우뚱했다. 세영은 양 허벅지에 힘을 꽉 주었다. 자세가 돌아오자 이번엔 독일어에 대한 공포가 세영을 덮쳤다. 이마에 물기가 번지면서 숨이 차왔다. 도저히 건널 수 없을 것 같은, 영원과도 같은 순간들이 느리게 흘렀다. 세영은 천천히 숨을 뱉어내며 배에 힘을 주었다. 그리고 목구멍 안에서 기운을 짜냈다. 양 입술이 비로소 열렸다.

"하버마스는 대화 참여자간에 동등한 권리가 보장되고,

의사발표의 기회균등이 파괴되지 않으면 합의에 도달할 수 있다고 보고, 네 가지 규범을 제시했는데, 이것은 동어반복적인 규범주의에 머무른, 관념론적 한계를 보이는 일면이 있다는 것입니다. 왜냐하면 의사소통 당사자가 사실에 맞게 언표하지 못하는 경우가 얼마든지 있고, 또 근본적으로 대화로만 해결되기 어려운 경우도 있기 때문입니다."

세영의 등줄기를 타고 땀이 흘러내렸다. 여전히 젊은 교수의 입술이 조가비처럼 굳게 닫혀 있었다. 두 팔을 깍지 낀 채 자기만의 생각에 골몰해 있는 모습이었다. 세영은 어지러웠다. 제대로 서 있기가 버거웠다.

드디어 젊은 교수의 미간 주름골이 풀어졌다.

"그럼 이것으로 면접을 마칠까요?"

베르크만 교수가 넥타이를 풀어헤치며 젊은 교수를 향해 말했다.

"그러시죠."

젊은 교수의 목소리가 단호하고 단정했다.

"그럼 이것으로 박사학위논문 구두시험을 마치기로 하겠습니다."

"감사합니다."

세영이 자동인형처럼 꾸벅 인사를 했다.

"한국에 가면 어떤 공부를 하고 싶어요?"

베르크만 교수가 한결 부드러워진 목소리로 물었다.

"네, 저……."

처음에 세영은 지도교수의 말을 잘 알아듣지 못했다. 아직도 끝난 게 아니었다. 흐트러지려는 의식을 붙잡아 모아야 했다.

"저어, 일상생활을 지배하는 한국인의 잠재의식이나 무의식적 욕망을 밝혀보고 싶습니다."

"수고했어요, 나가도 돼요."

"감사합니다."

세영은 깊이 고개 숙여 인사하고 강의실을 나왔다.

세영은 겨우 사회과학동 입구로 걸어 나왔다. 무엇을 해야 할지, 어디로 가야 할지 몰랐다. 잠시 그저 가만히 서 있었다. 엄청난 해방감을 예상했었는데 아무 느낌도, 아무 감각도 없었다. 온몸이 혼곤해지면서 허기가 느껴졌다. 어제 저녁부터 아무것도 먹지 않았다는 게 기억났다. 세영은 구내식당인 카페테리아를 향해 걸음을 옮겼다. 달 표면에 도착한 암스트롱처럼 몸이 땅 위에서 떠다니는 것 같았다.

카페테리아 유리문을 힘겹게 밀고 들어가자 양고기 냄새와 카레 향이 훅 다가왔다. 세영아! 세영은 고개를 돌려 손을 들고 있는 대학선배 김은성을 발견했다. 선배는 세영이 처음 보는 한 남자와 함께 앉아 있었다.

"면접 끝났어?"

세영이 다가가자 김은성이 다급하게 물었다. 세영이 고개를 끄덕였다.

"야, 좋겠다. 그럼 다 끝난 거나 마찬가지네."

김은성이 축하한다며 손을 내밀어 세영의 손을 잡고 흔들었다. 세영의 몸이 그의 손을 따라 흔들렸다. 세영은 겸연쩍어하며 옆에 있는 남자를 쳐다보았다.

"아, 참. 여기는 내 고등학교 동기 이민우. 우리 대학 출신이야. 여행 중에 들른 거고. 그리고 여기는 유세영, 우리 대학 후배."

"이민우라고 합니다."

민우는 세영의 얼굴을 쳐다보며 인사했다. 많이 지친 모습이었다. 그런데 어디선가 본 듯했다. 되짚어 보니 예전에 복학하고 들은 교양수업 시간에 보았던 얼굴이 분명했다. 당시 조대표로 발표하던 세영의 모습이 꽤 인상적이었었다.

김은성이 세영에게 뭘 좀 먹으라고 권했다. 이상하게 세영은 식욕을 느끼지 못했다. 조금 있다 먹겠다고 했다. 그러자 김은성이 상체를 의자 등받이에 갖다 대며 탄식하듯 말했다.

"그래? 그래, 그럼. 야아, 세영이 이제 드디어 가는구나. 좋겠다. 근데 너 가면 난 무슨 낙으로 사냐?"

"선배도 빨리 끝내고 가셔야죠."

"글쎄, 앞이 안 보인다. 야, 너희들 그거 알어? 학위 받는 순서. 제일 먼저 논문 쓰는 사람은 혼자 있는 여자, 그다음은 결혼한 남자, 그리고 결혼한 여자, 마지막이 결혼 안 한 남자야. 난 아직 결혼 못 했잖냐. 지난번 종국이도 방학 때 한국 들어가 결혼하고 와서 논문 썼잖아. 그러니까 내가 논문 못 쓴 건 옆에 마누라가 없어서야. 너 같은 여자가 날 쳐다보지도 않으니까."

세영과 민우가 동시에 웃었다.

"혼자 있어도 논문 쓴 남자들 적지 않아요."

세영이 나직이 반론을 제기했다.

"적지 않은 게 아니라 많지 않은 거지."

"선배, 나 너무 피곤해서 먼저 일어나야겠네요."

"안 먹어도 되겠어? 오늘은 여기 아무도 안 나타나네."

김은성이 주위를 둘러보며 말했다. 세영이 인사하고 자리를 뜨는데, 민우가 덩달아 엉덩이를 들다가 말았다. 세영의 뒷모습을 바라보는 민우의 마음이 헛헛했다.

"참 괜찮은 앤데, 딸이 하나 있어. 걔만 없어도 벌써 내가 어떻게 했다."

"그래? …… 애 아빠 누구야?"

"그걸 누가 알어? 그건 그렇고, 너 아까 얘기했던 사업 얘기 좀 더 해봐라."

김은성이 다그쳤지만, 민우의 뇌리엔 십여 년 전, 여름방학이 시작돼 세영을 다시 볼 수 없어 몹시 아쉬워했던 느낌이 되살아났다. 꼭 그때처럼 짙은 먹구름 한 조각이 가슴 한복판을 느릿 가로질러 갔다. 나가서 술이나 한 잔 하자. 김은성이 일어나 급한 볼 일이 있는 듯 앞장을 섰다. 그 뒤를 쫓는 민우의 한쪽 무릎이 꺾이면서 넘어질 뻔하다 말았다.

02.

　지금 이곳은 해발 38,000피트, 영하 48도의 어느 낯선 시베리아 상공 위. 세영은 어제 프랑크푸르트발 서울행 루프탄자 비행기에 올라 좌석에 앉자마자 수지와 함께 나란히 곯아떨어졌었다. 오랜만에 맛본 단잠이었다. 스치는 소리에 잠이 깨 주위를 둘러보니 키가 큰 금발의 스튜어디스가 좁은 통로를 지나가고 있었다. 세영은 여기가 기내라는 걸 알아차렸다. 얼른 고개를 돌려 수지를 찾았다. 옆으로 고개를 꺾은 채 새근 잠들어 있는 수지를 보자 절로 한숨이 새어나왔다. 세영은 수지 무릎 위로 흘러내린 담요를 어깨 위까지 잘 올려 덮어주었다.

　세영은 옆에 있는 자그마한 창문 덮개를 위로 밀어올리고 밖을 내다보았다. 창밖은 온통 짙은 회색 구름바다였다.

　저 구름바다 밑 세계는 지금 어떤 모습일까? 아니 어떻게 꿈틀거리고 내달리고 치솟고 싸우고 있을까? 언제나 저 세계를 품고, 열렬히 알고, 긴밀한 유대를 맺고 싶어했지만, 그건 나 혼자만의 관념에 불과할 뿐, 저 세상은 나하고는 아무 관련 없이 저 혼자 굴러가고 있는 것이다. 이제 5시간 후면 드디어 한국에 도착한다. 한국을 떠난 지 8년만의 귀환. 도망치듯 떠나왔지만 이곳은 내가 있을 곳이 아니라는 의식을 한 번도 지우지 못하고 살아온 나날이었다. 매

순간 저건 저들만의 공원이고, 저들만의 나무고, 저들만의 길이고, 저들만의 리그라는 생각을 되새김질하며 살아왔다.

그런데 그토록 그리워했던 나의 조국, 내 나라가 왜 또 이다지 공포스러운 것일까? 8년 전의 나와 지금의 나는 과연 같은 존재일까? 8년 전의 우리 엄마, 우리 아빠, 8년 전의 그들은? 내가 없는 동안 일어났을, 내가 모르는 그 무수한 변화들이 너무 무섭고 두렵기만 하다.

세영이 베를린에서 수지를 낳고, 한국에서 그 소식을 들은 세영 아빠는 뇌경색으로 쓰러졌다. 그 덕에 아빠는 삼십 년 넘게 몸담아왔던 교직에서 물러나고, 엄마는 반강제적으로 생활전선에 내몰렸다. 세영도 자신이 미혼모가 될 거라고는 꿈에도 생각 못했지만, 부모님이 받았을 충격은 자신과는 비교조차 할 수 없을 게 분명했다. 큰딸인 세영을 태산처럼 믿었던 분들이었다. 세영은 현재 부모님 모습을 떠올려 보려 했지만 불가능했다.

유학을 떠나기 전, 세영은 부모님께 아데나워 장학금을 받을 거라고 장담했었다. 원래 대학 등록금이 없는 독일이니까 장학금으로 생활비를 충당할 거라고 말했었다. 첫 학기에 무난하게 장학금을 받았던 세영이 수지를 낳고 나서부터 차질이 빚어졌다. 세영은 부모님 뵐 면목이 없었다.

유학 온 지 이 년이 다 돼 가던 즈음, 이제 유학생활에 적응이 됐구나 싶었는데 뒤통수를 치듯 향수병이 야금야금 심신을 갉아 먹고 있었다. 하늘이 온통 먹빛으로 칙칙했던 그해 늦가을, 음습한 냉기가 미끌미끌한 구렁이처럼 온몸을 휘감은 채 하루 종일 떠나질 않는 날들이 이어졌다. 하필 그날, 공중에 미세한 물방울들만 둥둥 떠 있어 세영은 우산을 갖고 나가지 않았다. 그것이 화근이었는지 몰랐다. 유난히 가족이, 한국이 그립던 그날, 버스에서 내려 학교까지 걸어가 도서관에 도착해보니 온몸이 젖어 있었다. 화장실에 들어가 덜덜 떨며 몸을 닦고 나왔는데, 그날따라 좌석이 꽉 차 있었다. 세영은 한참을 돌아다닌 후에야 겨우 자리를 찾아 앉을 수 있었다. 책을 빌리려는데 새로 부임한 도서관 사서는 또 왜 그리 고약하던지. 조금의 아량도 보이지 않고 세영의 독일어를 못 알아듣겠다는 표시를 드러내놓고 하는데, 그 말투와 표정에서 묻어나오는 퉁명스러움에 속으로 눈물이 핑 돌았다. 마치 베를린 사람 전체가, 아니 독일 사회 전체가 자기를 거부하는 것 같았다.

내 인생의 전환점이 있던 날은 그렇게 진행되었다. 그날 나는 따뜻한 품이 너무 그리웠다. 그래, 난 나를 용서한다. 용서해야 한다. 용서할 수 있다.

그날 이후 세영은 콜로키움 발표준비를 하고, 학기말 과제 리포트를 몇 개 써내느라 정신없이 바쁜 나날을 보냈다. 그렇다고 해도 어떻게 그렇게 무감각할 수 있었는지. 마지막 리포트를 제출하고, 드디어 이번 학기도 무사히 끝났구나, 쾌재를 부르며 집으로 향하려다가 혹시 하는 마음으로 병원에 갔던 날, 세영은 문자 그대로 하늘이 샛노래지는 경험을 했다. 인공 유산을 하면 몸에 좋지 않을 거라는 의사 선생님의 말투엔 독일인 특유의 무한한 권위와 절대 확신이 옹 박혀 있었다. 여린 마음에 일단 한 발짝 뒤로 물러났지만, 세영의 마음은 한시도 쉬지 않고 깃발처럼 나부꼈다. 오래 고민하다 힘들게 찾아가면 그때마다 의사는 세영에게 자기 애를 기르는 게 뭐 그리 큰 문제냐며 반문했다. 미혼모도 많고 보육 시스템이 거의 완벽한, 독일 의사다운 말이었다.

세영이 수지를 기르면서 학위를 마칠 수 있었던 건, 일하는 여성들이 불편하지 않도록 잘 만들어진 독일의 훌륭한 보육 제도와 시설 덕분이었다. 유학생을 포함해 돈 없는 이들에게 무상으로 적용되었던 보육 시스템의 도움으로 세영은 수지가 애기였을 땐 킨더 크리페(공동 탁아실)에, 6살 이후엔 킨더 가르텐에 보낼 수 있었다. 또 세영이 공부하느라 5시를 넘기면 밤늦게까지 운영하는 지역 공동 탁아소에서 찾아오면 됐다. 보육원 교사가 5시가 되면 그곳에 아이를 데려다 놓기 때문에 가능한 일이었다.

기내가 술렁거리면서 사람들이 하나둘 부스럭거리며 깨

어나기 시작했다. 스튜어디스가 통로를 지나가면서 물수건을 나누어 주는데 어디선가 위를 자극하는 바질향이 났다. 어느새 수지도 깨어나 토끼같이 생긴 코를 킁킁거리며 세영을 보고 활짝 웃었다. 식사가 나오기 무섭게 수지가 고사리 손을 놀려 스파게티와 샐러드, 후식까지 싹싹 긁어먹었다. 세영은 그런 수지의 모습이 참 보기 좋았다.

수지는 어린아이 같지 않게 호, 불호가 뚜렷하고 매사에 적극적이고 항상 활기가 넘쳤다. 세영은 이렇게 잘 자라준 수지가 경이롭기만 하다. 다른 아이들과는 너무 다른 환경에서 자라난 때문인지 수지는 또래의 아이들과 많이 달랐다. 주위 세상을 더듬어 아는 촉수의 길이가 더 길다고나 할까. 다른 사람의 속마음을 본능적으로 순식간에 파악하는 기민함과 다른 이의 마음을 먼저 헤아려주는 따뜻함까지 갖고 있다.

세영은 수지가 아주 어렸을 때부터 잠자리에 들기 전에 늘 책을 읽어 주었다. 그때마다 수지의 주인공에 대한 애정과 악인에 대한 분노가 너무 격렬해 속으로 깜짝 놀란 적이 한두 번이 아니었다. 게다가 타국에서 단 둘이서만 살아서인지 세영을 항상 옆에서 챙겨주었다. 이 세상에서 서로 돕고 살아야 할 유일한 사람이란 걸 가르쳐주지 않아도 이미 터득한 것 같았다. 세영은 작은 체구 속에 어떻게 벌써 그토록 뚜렷한 성정(性情)이 들어있는지 신기했다. 하지만 수지의 불쑥 불쑥 튀어나오는 불안한 눈빛과 아이답지 않은 어둑한 낯빛이 세영의 가슴 한 켠에 늘 체기처럼 얹혀 있었다. 그때마다 세영은 어서 빨리 한국에 가서 수지에게 할머니와 할아버지, 이모와 사촌동생을 선사해야지, 마음먹었다.

동화책을 보던 수지가 다시 잠이 들었다. 동화책을 치워주고 세영은 커피를 한 잔 더 부탁했다. 세영은 지금 자기가 유학 올 때 마음먹었던 목표를 제대로 달성하지 못했음을 자인하지 않을 수 없었다. 돌이켜보면 늘 수지를 데리고 종종거리기만 했다. 항상 공부할 시간이 부족했고, 매순간 능력의 한계를 뼈저리게 느꼈다. 한국에 돌아갈 때엔 무언가 대단한 것을 한보따리 갖고 가리라 다짐했던 결심이 마음속에서 늘 심판관처럼 똬리를 틀고 앉아 세영을 마구 쪼아댔다.

하지만 또 다른 한편 세영은 학문을 이제 더 이상 예전처럼 그렇게 대단한 것, 만병통치약 같은 것으로 생각하고 있지 않음을 인정했다. 제아무리 훌륭한 학문도 어디까지나 이론에 불과한 것이라는 것을, 감히 살아 있는 현실에 비할 바 없는 것임을 통감했다. 건방진 생각일진 모르나, 어차피 학문이 완벽할 수 없다면 지나치게 자기를 비하할 필요는 없지 않을까. 살아있는 수지가 나에겐 가장 의미 있고, 어쩌면 학문보다 더 커다란 배움을 줄지도 모른다.

세영은 다시 창밖을 내다보았다. 어두컴컴한 하늘에 저 멀리 손톱보다 작은 별들이 저마다 빛을 오연히 내뿜고 있었다. 별들은 저마다 강도가 다를 뿐, 모두 스스로 반짝 반짝 빛나고 있었다. 이 순간 세영에겐 저 별들이 각기 거짓이 아닌 진실을, 무엇보다 자기 삶의 진정성을, 자기 자신에 대한 희망과 믿음을 의미하는, 작지만 견고한 상징처럼 보였다. 세영의 가슴이 뻐근하게 차올랐다.

난 니체가 말한, 짜라투스트라의 힘과 용기를 갖고 수지와 함께 이 세상을 뚜벅뚜벅 걸어갈 것이다. 그래, 난 미혼모에 대한 편견과 동정, 모두를 거부할 것이다. 한국에 가면 수지를 데리고, 당당하게 살아가리라. 누구의 눈치도 보지 않고, 누구에게서도 심판받지 않고, 오로지 내 스스로에 의해서만 심판받으며 살아가리라. 내 영혼의 주인으로 온갖 편견과 괄시, 역경을 내 힘으로 돌파해 나갈 것이다.

세영은 장거리 달리기라도 하고 난 것처럼 극심한 피곤을 느꼈다.

03.

 세영이 처음 베를린에 도착했을 때 묵었던, 외국 유학생들 전용 기숙 건물이었다. 세영이 그 낡아빠진 4층짜리 시멘트 건물 앞에 섰을 땐 해가 막 뉘엿 기울고 있었다. 베를린 공항에 마중 나와 주고 이곳을 알선해준 김은성 선배가 가버리고, 세영은 혼자 무거운 가방을 끌고 감옥소 같은 건물 안으로 들어섰다. 다들 어디 갔는지 건물 안이 텅 빈 폐가처럼 썰렁했다. 세영은 어두침침한 복도를 지나 선배가 일러준, 왼쪽 끝 방문을 열고 들어갔다.

 불을 켜도 방은 어둑했다. 오래된 침대와 삐걱거리는 책상, 그리고 의자 하나만 덩그러니 놓여 있는 그 방은 작고 음습했다. 갑자기 한기가 느껴졌다. 겨우 찾아낸 붙박이장에서 야전 침대용 국방색 담요와 베개를 꺼냈다. 담요에선 누가 덮고 잤는지 알 수 없는 퀴퀴한 냄새가 났다.

 어서 날이 밝기만을 기다리며 세영은 꿉꿉한 침대 위에 몸을 뉘였다. 몹시 피곤한데도 잠이 오지 않았다. 두 눈을 감고 담요를 어깨 위로 끌어올렸다. 그러자 어깨와 담요 사이로 차가운 바람이 뼈를 가르듯 파고들어왔다. 고개를 돌려 보니 침대 바로 위에 있는 창문이 열려 있었다. 큼지막한 창문이 팔을 뻗으면 닿을 듯 가까웠다. 순간 등골이 오싹했다.

세영은 창가로 다가가 창문을 닫으려고 팔을 뻗었다. 그런데 아무리 해도 창문 고리가 손에 잡히질 않았다. 자세히 살펴보니 창문 고리가 부러져 있었다. 하는 수 없이 창문 밑을 잡고 닫으려 했지만, 창문이 어찌나 무거운지 끄떡도 하지 않았다. 밖을 내다보니 창문이 한길 가에 바로 맞닿아 있었고, 창문은 꽤 큰데 턱이 낮아 길을 걷다가 마음만 먹으면 아무나 불쑥 넘어 들어올 수 있는 상태였다. 가로등의 희미한 불빛이 아니더라도 괴괴한 푸르른 달빛이 비스듬히 방안을 비추고 있었다. 지나가다가 고개를 돌려 쳐다만 보아도 방안이 그대로 다 보일 정도였다. 머리가 까만 젊은 여자가 혼자 누워있는 게 보일 거라는 생각이 들자 소름이 돋았다.

세영은 몹시 지치고 배가 고팠다. 이대론 도저히 잠을 이룰 수 없을 것 같아 문을 열고 복도로 나갔다. 암전된 듯 칠흑같이 어두운 복도였다. 조심스레 발걸음을 옮겨 복도 반대쪽 끝에 있다는 공동부엌 겸 식당으로 향했다.

벽에 손을 더듬어 겨우 불을 켰지만, 불을 켜나마나 부엌 안은 사물을 분별하기조차 쉽지 않았다. 희끄무레한 괴물처럼 웅크리고 있는 가스레인지와 싱크대를 지나는데, 둘 다 여기저기 음식 찌꺼기가 달라붙은 채 허연 먼지로 뒤덮여 있었다. 겨우 냉장고를 찾아 냉장고 문을 열었다. 역한 냄새가 한꺼번에 터져 나왔다. 세영은 얼른 문을 닫았다.

이때 어떤 말소리가 들리는 듯했다. 고개를 돌려보니 저쪽 식탁에서 학생 둘이 무언가를 먹고 있는 모습이 환영처럼 보였다. 세영은 너무 배가 고파 그쪽으로 다가갔다. 알아들을 수 없는 이상한 말로 떠들며 식사를 하던 검은 피부의 젊은 남자 둘이 어둠 속에서 흰자위를 번뜩이며 세영을 노려보았다. 겁에 질린 세영이 자기도 모르게 식탁 위를 쳐다보았다. 하얀 접시 위에 핏물로 범벅이 된, 죽은 쥐 한 마리가 놓여 있었다.

악! 세영은 소리를 지르며 잠에서 깨어났다. 한참을 두리번거리다 보니 바로 우리 집이었다. 독일로 가기 전, 자기가 쓰던 바로 그 방이었다. 귀국하던 날, 예전 모습 그대로 간직해준 부모님이 너무 고마워 눈물이 찔끔 났던 내 방이었다. 안도의 한숨이 새어나왔다.

문득 귀국해서 처음 본 아빠의 모습이 떠올랐다. 현관에 들어서자 소파에서 힘겹게 일어나 절뚝거리며 지팡이를 짚고 다가오던 아빠는 세영이 알고 있던 아빠가 아니었다. 세영아, 하며 자기를 부르던 쇳소리 같은 목소리도, 근육이 다 빠져나간 헐거운 팔다리도 다 예전의 모습과 달랐다. 아이, 왜 그냥 앉아 있지 일어나느냐, 며 핀잔을 주던 엄마의 거친 태도 역시 세영에겐 낯설었다. 세영은 재빨리 가슴 속 충격을 감추어야 했다.

그날 저녁엔 동생 선영과 조카 민철이 왔다. 세영은 멀리 중동에 일하러 간 아빠 없이도 의젓하게 잘 자란 민철을 보자 가슴이 뻐근할 정도로 고마웠다. 가족이 모두 모여 함께 저녁을 먹고, 수지가 민철이랑 처음 만난 사이가 아닌 듯 금방 사이좋게 노는 모습을 보자 코끝이 시큰해져 왔다. 예전 선영의 방을 새로 단장해 마련해 준, 수지 방에 수지를 재우고 나올 때는 가슴이 뭉클했다.

며칠 후, 세영이 잠자리에 들려는데 엄마가 세영의 방에 들어왔다. 엄마가 침대 위에 걸터앉자 세영도 그 옆에 다가가 앉았다. 엄마가 세영의 손을 당신 무릎 위에 올려놓고 천천히 쓰다듬었다. 머뭇머뭇 손을 들어 세영의 얼굴을 감싸자 세영이 상체를 숙여 엄마의 가슴 위에 얼굴을 파묻었다. 엄마가 솥뚜껑 같은 손으로 세영의 등을 연신 쓰다듬었다. 엄마아, 세영이 어리광 섞인 목소리로 엄마를 불렀다.

"휴우······."

엄마의 입에서 가슴 바닥을 긁어내는 듯한 한숨 소리가 길게 새어나왔다. 갑자기 세영은 가슴이 뜨끔했다. 세영이 천천히 몸을 일으켰다. 두 손으로 엄마의 손을 꼭 잡고 고개를 숙인 채 말했다.

"엄마, 미안해."

"너 어떻게 그, 그럴 수가."

두 사람은 한동안 말을 더 잇지 못했다.

"네가 어떻게 나한테 이럴 수 있어. 다른 사람도 아니고, 네가, 네가 어떻게. 내가 널 어떻게 길렀는데. 어떤 놈이야, 어떤 놈이냐구!"

세영의 상체가 앞뒤로 마구 흔들렸다. 엄마가 주먹으로 당신 가슴을 마구 때리더니 손바닥으로 세영의 가슴팍을 내리쳤다. 세영이를 치다니, 엄마의 얼굴이 일그러졌다. 절대 이러지 않으려고 했는데. 엄마가 두 손으로 얼굴을 가리고 흐느껴 울기 시작했다.

얼마나 지났을까, 세영이 휴지를 엄마에게 갖다 주었다.

"엄마, 천천히 나중에 다 말씀드릴게요."

"내가 니 생각만 하면 자다가도 벌떡 일어난다, 이것아."

한동안 두 사람 다 죄지은 사람처럼 고개를 푹 숙이고 있었다.

"혼자 수지를 기르면서 공부하느라고 얼마나 힘들었어."

엄마가 세영의 머리를 쓰다듬으며 말했다. 세영은 말을 돌리고 싶었다.

"엄마가 더 힘들었지. 엄마, 그동안 어떻게 지냈어?"

"보험왕도 해보고, 공인중개사 시험에도 붙었지."

당신이 지내던 일을 하나하나 얘기하는 엄마의 목소리가 차츰 커졌다.

"밖에서 전문직 여성들을 보면 참 부러워. 나야 고등학교

밖에 안 나왔으니까 꿈도 못 꾸지만, 우리 딸은 박사님이니까, 나도 성공한 거 아냐? 그것도 그냥 박사니? 독일 박산데, 아무나 되는 거냐구."

세영은 엄마를 껴안았다. 목이 차올라 아무 말도 할 수 없었다.

엄마가 방문을 닫고 나가기 직전, 문고리를 잡고 등을 보인 채 말했다.

"세영아."

"응?"

"넌 엄마의 영원한 연인이야. 이 세상에 단 하나밖에 없는."

한참을 세영은 침대 위에 그대로 앉아 있었다. 아까 엄마의 모습이, 자아가 붕괴된 듯 거칠게 울부짖던 모습이 떠올랐다. 세영은 생전 처음 엄마의 무너진 모습을 보았다. 비참했다.

세영은 그대로 침대 위에 몸을 누였다. 두 손을 맞잡고 가슴에 얹은 채 눈을 감고 가만히 있었다. 서서히 안에서 무언가 뜨거운 것이 차올랐다. 생각해 보면 이들이야말로 자기 삶의 의미였다. 세영은 가족의 행복을 위해서라면 무슨 일이든 다 할 수 있을 것 같았다. 돌멩이로 꽉 찬 것처럼 답답하던 가슴이 조금 풀어지는 듯했다. 갑자기 목이 말랐다.

문을 열고 나오니 거실엔 흐릿하게 작은 비상등이 켜져 있었다. 그런데 무언가가 움직이고 있었다. 세영은 화들짝 놀라 제자리에 얼어붙었다. 아빠였다. 한쪽 벽엔 지팡이가 세워져 있었고, 아빠가 고개를 숙인 채 한걸음씩 걸음을 옮기고 있었다. 아, 아빠! 아빠가 고개를 들었다. 땀으로 번들거리는 이마 위, 가운데로 모아졌던 주름들이 펴지면서 쑥스러운 듯 미소가 번져 나갔다.

"네가 이다음에 교수 되면, 그 캠퍼스에 한번 가 봐야 되지 않겠니?"

세영은 말문이 막혔다. 냉장고에서 물병을 꺼내 컵에 물을 따르고 식탁 위에 놓았다. 지팡이를 짚으며 아빠가 식탁에로 다가왔다. 귀국한 지 닷새가 지났지만, 세영은 지금까지 아빠와 대화다운 대화를 하지 못했다. 얼굴을 직접 마주하는 것도 쉽지 않았다. 세영에겐 아빠가 마치 하루아침에 장년에서 노년으로 건너온 듯했다. 사실 아빠가 지팡이에 의존해 살아가리라곤 꿈도 꾸지 못했었다. 세영이 휴지와 물컵을 아빠에게 건넸다.

"죄송해요, 실망시켜 드려서."

겨우 용기를 내 말했지만, 세영의 고개가 절로 숙여졌다.

"그렇게 생각할 거 없다. 너 때문에 이렇게 된 거 아니야. 그때 학교에서 문제가 생겨서."

물컵을 내려놓으며 세영의 눈길을 피한 채 아빠가 다급

하게 말했다. 아빠의 말이 진실이 아니라는 걸 알면서도 이상하게 세영의 가슴이 조금 가벼워졌다. 때론 진실보다 거짓이 더 훌륭할 때도 있다니, 놀라웠다.

"그동안 어떻게 지내셨어요?"

"보다시피 난 괜찮다. 이렇게 살살 운동하고, 집안일도 좀 거들고, 책도 보고. 어쩌다 바람도 쐐. 자주 나가진 않지만 모임도 있고. 그동안 니 엄마가 힘들었지."

아빠의 목소리가 허약하고 쉬지근했다. 예전의 머리숱도, 근육도, 볼살도, 기력도 다 어디론가 사라지고 없었다.

세영은 아빠가 친구나 모임이 별로 없다는 걸 알고 있었다. 사람들은 예전부터 아빠에 대해 여자 같다, 샌님이다, 법 없이도 살 사람이라는 말을 곧잘 해왔다. 그러나 세영은 아빠 여건만 좋았다면 훌륭한 학자가 됐을 거라고 생각했다. 휴일마다 어린 두 딸을 데리고 서점에 가는 게 최고 낙이었던 아빠는 집에서도 늘 책을 끼고 살았다.

좌절에 빠지지 않고 열심히 운동하는 아빠의 모습을 보자니 세영의 가슴이 먹먹했다. 휴지로 땀을 닦던 아빠가 갑자기 세영을 똑바로 쳐다보며 말했다. 한 순간, 아빠의 쑥 들어간 눈동자에서 빛이 번뜩였다.

"수지가 너 어렸을 때보다 더 똑똑한 거 같다. 제 나이 또래보다 훨씬 어려운 책을 읽던데. 그 나이에 읽기 힘든 책들인데 말이야."

그래, 이 목소리였다.

세영은 아빠의 저 목소리, 기대와 열정이 한데 어우러진 저 목소리를 기억했다. 나를 조금씩 앞으로 밀고 나가게 해주던 목소리. 나에게 행복이 무엇인지를 느끼게 해주었던 목소리였다. 세영은 지금 이 순간 독일에서 자기가 이 목소리를 얼마나 그리워했었는지를 새삼 깨달았다. 그러나 저 목소리는 이제 더 이상 행복을 부르는 소리가 아니었다. 어느새 무거운 책임감을 일깨우는 목소리로 변해 있었다.

04.

휴우, 드디어 아줌마가 쌍둥이, 영주와 영석을 데리고 내려갔다. 깨금발로 주방 창밖을 내려다보니 장난감같이 작은 노란 유치원 봉고차가 막 도착했다. 윤미는 드디어 막 하루가 시작되는 아침 이 시간이 제일 좋았다. 커피를 내려 소파로 가 앉았다. 펜트하우스 복층 유리창으로 봄날 같은 햇살이 가득하다. 마치 하늘에서 새하얀 모슬린 새틴 커튼이 드리워진 것 같다. 느긋하게 커피를 마시는데 어제 있었던 골프 라운딩이 생각났다. 한 달에 한번 갖는 남편 집안 와이프들의 모임이다. 여덟 명 중에서 명문대 석사까지 마친 내가 가장 가방끈이 길다. 어제는 이 모임의 중심인 시고모한테서 골프 실력이 많이 늘었다는 말을 들었다. 이번에 새 식구로 들어온 K하고는 학벌로나 골프 실력으로나 나하고는 게임이 안 된다. 달랑 미모 하나 갖고 들어와서 뻣뻣하기는, 건방진 것.

이때 갑자기 전화벨 소리가 요란하게 울렸다. 처음에 윤미는 전화 목소리의 주인공이 누구인지 몰랐다. 그러나 금새 윤미야, 나 유세영. 나 며칠 전에 한국에 왔어, 하고 말하는 목소리가 바로 세영의 목소리임을 알았다. 순간, 누가 자기 머리를 휙 잡아채는 듯 정신이 번쩍 들었다.

전화를 끊고 난 윤미는 너무 얼떨떨했다. 세영이 오다니,

세영이 왔구나, 그래 세영이 왔다. 대학원을 졸업하고 얼마 있다가 바로 결혼한 나와 달리 세영은 곧바로 독일로 떠나 버렸다. 학창시절 늘 붙어다녔고, 제일 좋은 대화 상대였던 세영이었다. 그런데 지금 윤미는 세영이 하나도 반갑지 않았다. 앞으로 세영과 같은 시공간 속에 살아갈 것에 대해 자기가 전혀 준비되어 있지 않다고 느꼈다. 마치 그동안 별로 걱정할 필요 없이 잠복해 있던 병원균이 이제부터 본격적으로 자기를 괴롭힐 것만 같은 예감이 들었다.

세영은 분명한 자기 일을 갖고 있지만, 나는 그렇지 않다. 그녀는 서른네 살이라는 아직 젊은 나이에 사회 속에서 활기차게 활보할 것이지만, 나는 그렇지 않다. 그래, 그녀는 눈부신 태양 아래 하루하루 무성한 잎을 펼쳐 나가겠지만, 나는 조금씩 작아지는 흐릿한 그림자 같은 존재로 남을 것이다.

둔중한 통증이 명치께로부터 서서히 올라와 전신을 마비시킬 듯하자 윤미는 소파에서 벌떡 일어났다. 안방에 들어가 침대 위에 몸을 던졌다.

나는 왜 걔처럼 공부를 계속하지 않았을까? 나는 왜 그렇게 결혼을 빨리 했을까? 왜 나는 직업을 가지려고 하지 않았을까? 아니, 도대체 왜 나는 내가 이렇게 괴로워할 줄 몰랐을까? 왜, 왜, 왜?

미동도 하지 않고 누워있는 윤미에게 이런 질문들이 대

답을 기다리지도 않은 채 계속 이어졌다. 당시, 남들이 다 부러워하는 결혼을 했다는 사실은 지금 윤미에게 아무 의미도 없었다.

　그날 밤, 윤미는 새벽이 올 때까지 제대로 잠을 이루지 못했다. 여태까지 마치 동그란 원 안에서 모든 것들을 안으로 끌어당기는 구심점으로 살았던 자신이 갑자기 원 밖으로 튕겨져 나간 것 같았다. 원 밖에서 바라본, 원의 세계는 원의 한복판에서 보았던, 원의 모습과는 너무나 달랐다. 자기가 중심이었을 때 원은 속이 꽉 차 있는, 그 자체로 충분한, 거의 완벽한 소우주였다. 그러나 원 밖으로 튕겨져 나가 바라본 원은 아무런 내용도 없는 텅 빈 공간, 텅 비어있기 때문에 그대로 한 점으로 축소될 수 있는 무(無)에 불과했다.

　희뿌옇게 먼동이 틀 무렵 윤미는 다시 공부해서 박사학위를 따는 건 어떨까, 하는 생각이 퍼뜩 들었다. 가슴이 벌렁거리면서 머릿속이 복잡하게 움직이기 시작했다. 으, 으, 음. 윤미는 깊은 숨을 토해내며 어금니를 지그시 깨물었다.

　세영은 학림 다방 앞에 섰다. 십년 전, 바로 그 장소에 똑같은 외양으로 자리를 지키고 있는 모습을 보자 감회가 새로웠다. 세영은 묘한 안도감을 느끼며 계단을 밟았다. 여기저기 칠이 벗겨져 거뭇거뭇한 벽 사이 좁고 오래된 나무 계단이 구두 아래에서 둔중한 소리를 냈다. 마치 반갑다고 인사를 하는 것 같았다. 곧 윤미를 본다는 기대감에 세영의 가슴이 부풀어 올랐다.

마로니에 공원이 훤히 내다보이는 커다란 유리창 바로 옆에 앉아 있는 윤미는 예전보다 훨씬 더 화려하고 세련돼 보였다. 세영은 학생 신분을 벗어나지 못한 자신과 달리 윤미는 사회 속에 탄탄하게 자리잡고 살고 있다는 느낌이 들었다. 살짝 부러운 마음에 자신은 언제쯤이나 그럴 수 있을까, 하는 생각이 스쳐 지나갔다.

세영이 자리에 앉자마자 커피를 시키는 윤미의 목소리에서 세영은 윤미가 무언가 불쾌해한다고 느꼈지만, 그 이유를 알 수는 없었다. 학부시절부터 여학생이 둘인 과에서 늘 붙어다녔지만, 윤미는 왠지 자기와는 한 뼘씩 어긋나곤 했었다. 세영은 조심스럽게 윤미가 자랑스러워할 가족에 대해 물어보았다. 당시 떠들썩하게 준재벌가에 시집갔던 윤미였다. 하지만 윤미는 별로 관심이 없는 듯 남의 일처럼 이야기했다. 남편인 서홍준 선배가 이번에 부장으로 승진한 것도, 아들과 딸이 다 별 탈 없이 잘 자라고 있는 것에 대해서도 심드렁하게 보고하듯 말하곤 입을 다물었다.

윤미가 세영에게 유학생활에 대해 물었다.

"유학생활이라는 게 전혜린 글에서 느끼는 그런 낭만적인 게 전혀 아니야. 철저한 생존의 문제지. 한번은 여고 후배가 남편하고 여행 와서 길 안내해 주느라고 같이 돌아다녔는데 얼마나 부러웠는지 몰라. 외국은 관광 올 곳이지 유학 올 곳이 아니라고 느꼈었어. 모든 것을 다 내 손으로 혼자 해결해야만 하니까."

"그래도 오로지 자기만을 위해 사는 거잖아."

"그렇긴 한데, 자기만 위해서 사는 건 맞는데, 오로지 자기 힘으로 산다는 게 장난이 아니더라구. 그동안 정말 많은 것들을 가족이나 주위 사람들 덕으로 살았었구나, 하고 절감했어. 내가 김치를 담아봤나, 뭘 할 줄 아는 게 하나도 없더라구."

"한국에 오니까 좋지?"

"당근이지. 우리 음식을 실컷 먹을 수 있는 게 제일 좋고…… 독일에서는 잠에서 눈뜨면 바로 공포야, 언어공포. 우리말을 마음대로 할 수 있다는 게 얼마나 좋은 건지 몰라. 우리말에 대한 갈증이 그렇게 클 줄은 상상도 못했어. 인간에게 말로 자기를 표현하고, 말을 주고받고 싶어하는, 말에 대한 욕망은 이미 생물학적 욕망이 되어버린 거 같더라. 어쩌다 한국 학생을 만났을 때 아니면 하루 종일 입을 다물고 사는 날도 많아. 며칠 밥 안 먹고 잠 못 자면 사람이 미치잖아. 한 일주일 동안 아무하고 말 안 해도 똑같이 미쳐. 그리고 무엇보다 논문에 대한 스트레스가 너무 커서 나중엔 한국 유학생 얼굴만 봐도 짜증나는 거 있지. 쟨 언제 학위 끝내고 가나? 하는 물음을 자꾸 하게 돼. 꼭 거울 속의 내 모습을 보는 것처럼."

아무 관심 없이 시큰둥하게 듣고 있던 윤미가 말했다.

"난 그때 왜 그냥 시집을 가버렸는지 모르겠어. 그땐 그냥 아무 생각 없이 밥 먹고, 걷고, 잠자고, 그렇게 단순하게 살고 싶었었지."

물론 당시에 윤미는 결코 아무 생각 없이 살지 않았다. 치열하게 노력해 결혼에 골인했다. 그래도 윤미의 씁쓰레한 말투가 세영의 마음에 그림자를 드리웠다. 동시에 세영의 가슴 한 켠에 먼지처럼 쌓여 있는, 학창시절의 정서가 부스스 일어나려고 했다.

윤미가 며칠 후에 동기들 모임이 있다는 소식을 전해주곤 약속이 있다며 금방 자리에서 일어났다. 윤미가 부리나케 가버리자 세영은 많이 아쉬웠다. 아직 더 많은 이야기를 나누고 싶었다. 자리에서 일어나지 못하고 창밖을 내다보는데, 윤미와의 옛 추억이 되살아났다.

대학원 일학년 시절이었다. 눈부신 5월 어느 날, 도서관에서 공부하는데 윤미가 세영에게 다가와 밖으로 나가자고 수신호를 보냈다. 두 사람은 자판기 커피를 하나씩 뽑아들고 도서관 앞 잔디밭 안으로 들어가 앉았다. 광활한 캠 퍼스에 한껏 물오른 나무들이 싱그러운 잎사귀들을 뿜어내 고 있었다. 투명한 햇살을 받아 형광빛으로 반짝이는 연두 색들의 향연이 숨 막힐 정도로 아름다웠다. 야, 이런 날 꼭 도서관에서 썩어야 되겠니? 윤미가 인상을 쓰며 말했다.

두 사람은 바로 도서관에 가서 책을 가방에 담고 대학로 를 향했다. 둘은 대학로 대로변 옷가게들을 들락날락하면서 그동안 쌓인 긴장을 쏟아냈다. 아무것도 사지 않았지만 그 저 도서관에서 벗어났다는 것만으로도 즐거웠다. 누가 먼저 랄 것도 없이 두 사람은 학림다방으로 향했다.

학림다방에서 커피를 마시며 창밖 마로니에 공원에 있는 은행나무를 바라보고 있는데 어느새 봄비가 내리기 시작했 다. 아까부터 두 사람의 어깨를 미래라는 무형의 괴물이 짓누르고 있었다. 윤미가 먼저 입을 열었다.

"너 어떻게 할 거야? 대학원 졸업하고."

"글쎄. 유학 갈까 해."

"유학 가면 너무 외롭지 않을까?"

"그러게…… 그렇겠지."

세영이 가만히 고개를 끄덕였다.

"유학 가는 사람들 대단해. 난 좋은 사람 나타나면 확 시집이나 갔으면 좋겠어. 공부하는 거 너무 힘들어, 너무 고독해."

"맞아. 학문하는 사람은 무엇보다 혼자 있을 줄 알아야 돼."

"그래, 그게 나랑 안 맞는 거 같다니까. 난 항상 사람들하고 함께 있고 싶어."

"혼자 있는 거 좋아하는 사람이 얼마나 되겠니? 그냥 습관을 만들어 나가는 거지. 아리스토텔레스도 그랬어. 진리를 탐구하는 게 인간의 최고 열락이지만, 인간은 생물학적으로 공동체적 본능을 갖고 태어나기 때문에 다른 이들과 함께 있는 걸 좋아한다고. 참, 그런데 윤미야, 어린아이를 여자인 엄마가 기르기 때문에 엄마와 성이 다른 남자아이는 독립적인 자아를, 여자아이는 관계 지향적 자아를 갖게 된다고 한 사람, 누구지?"

"낸시 초도로우."

"응, 그래, 초도로우. 그 이론이 상당히 일리 있잖아. 자아가 형성될 때 여자아이는 엄마의 성과 자기의 성이 같기 때문에 엄마를 자기 삶의 모델로 삼는 과정에서 엄마와의 유대를 끊을 필요가 없고, 따라서 독립적 자아를 형성하지 못한다면…… 그렇다면 여자들이 일을 하려면 남자들하고는 달리 굉장히 힘들다는 얘기 아니겠어? 수천 년간 내려온 본성을 거슬러야 하니까. 그러니까 천재적인 여류 학자나 예술가가 아주 드문 거 아닐까? 물론 육아 문제도 있긴 하지만. 여자는 아주 분명한 의식과 확고한 의지를 갖고 노력해야만 겨우 독립적 자아를 가질 수 있다는 말이잖아."

"너 똑똑한 거 아니까 그만해. 나 쉬러 여기 왔거든."

윤미가 입을 삐죽거렸다. 세영은 아무 말 없이 창밖을 내다보았다.

갑자기 윤미의 얼굴이 활짝 펴졌다.

"야, 오늘 비도 오는데 우리 서 선배한테 술이나 사달라고 할까?"

서 선배는 집안 좋고 성격 좋기로 정평이 난, 군대 갔다 온 선배이자 동기였다. 윤미는 바로 서 선배에게 전화를 걸어 약속을 정했다. 그리고 전화를 끊자마자 바로 화장실에 들어갔다. 한참 만에 화장실에서 나오는 윤미의 전신에서 열정에 들뜬 팽팽한 기운이 뿜어져 나왔다. 윤미의 얼굴이 연한 핑크빛 볼터치로 한결 화사해졌다.

두 사람은 학림다방을 나와 각자 우산을 펴들고 약속장소를 향해 걸어갔다. 세영이 윤미와 나란히 걸어가는데, 윤미가 갑자기 심각한 표정으로 옆도 보지 않고 빠른 걸음으로 혼자 저만치 앞장서 갔다.

아무 말 없이 뒤따라가던 세영이 멈춰 서서 윤미를 불렀다.

"윤미야, 나 깜빡 잊었었는데, 오늘 가족끼리 저녁 먹기로 했어. 집에 가 봐야겠다."

세영이 말을 마치기도 전에 윤미의 얼굴이 환해지더니,

그럼 잘 가라고 말하곤 뒤도 돌아보지 않고 총총걸음으로 사라졌다. 세영은 우두커니 윤미의 뒷모습을 쳐다보다가 뒤돌아 지하철 쪽으로 걸음을 옮겼다.

며칠 뒤, 세영은 도서관에서 공부하다가 연구실에 놓고 온 책을 보러 대학원 연구실을 향했다. 연구실에서 내일 수업 준비를 좀 하고 집에 가야겠다고 생각했다. 오후 햇살이 사선으로 길게 비쳐 들어오는 연구실 안엔 서 선배와 윤미, 두 사람이 나란히 책상에 앉아 책을 보고 있었다. 세영이 문을 열고 들어가자 고개를 돌려 세영을 쳐다보는 윤미의 얼굴이 갑자기 일그러졌다.

이때 서 선배가 기지개를 펴더니 세영을 보고 물었다.

"세영이 밥 먹었어?"

"아, 아직 안 먹었어요."

그 순간, 세영은 윤미의 얼굴이 그대로 차갑게 굳어지는 걸 보았다.

"근데 아직 배가 하나도 안 고파요."

"그래도 먹어야지. 난 배고프네. 잘 됐어. 우리 세 사람 같이 먹게. 윤미, 오케이지?"

윤미가 대답하기도 전에 서 선배가 지갑을 챙기며 일어났다.

"김밥하고 음료수 좀 사올게."

서 선배가 나가버린 자리를 윤미가 멍하니 쳐다보고 있었다. 세영은 다른 선배들과 다르게 언제나 싹싹한 태도로 사람을 대하는 서 선배를 보면서 조금은 까칠한 윤미와 보완이 잘 되겠다는 생각을 했다. 얼른 자기 책상 위에서 책을 찾아 가방에 넣고, 윤미에게 바빠서 먼저 간다고 말하고 연구실을 나왔다.

05.

　형형색색 반짝이는 크리스마스트리를 세워놓은 대형 중국집이 음식을 나르는 종업원들과 예약된 방을 찾는 손님들로 시끌벅적했다. 고급스러운 아크릴로 복사한 중국 고전 그림들로 장식된 커다란 룸 안에 세영을 포함해 열댓 명의 대학동기들이 모임을 갖고 있었다. 윤미와 서 선배가 아무 연락도 없이 참석을 안 해 세영은 조금 의아했다. 떠들썩하게 세영에게 축하의 말들이 쏟아졌다. 하지만 세영은 마음이 불편했다. 건너편에 앉은, 윤준기의 안색이 어두워지는 게 눈에 그대로 보였다. 유난히 경쟁심이 많은 윤준기가 자기는 국내 박사라는 걸 의식하고 있을 게 분명했다. 화제가 이 자리에 참석하지 않은 동기들의 동향을 중심으로 이어졌다. 학생운동권 출신인 H 선배가 골프장을 몇 개나 인수한 이야기, 가장 얌전하고 소시민적인 J가 교통사고로 부인과 자식을 한꺼번에 잃어버린 이야기, 미국으로 유학 갔다가 미국 여자랑 결혼해서 미국에 눌러앉은 W의 최근 동향 등이 전해졌다.

　대기업 차장인 K가 오늘 참석하지 않은 L의 안부를 물었다.

　"걔 아직도 보따리 장사지? 벌써 몇 년째야. 교수들 뒤꽁무니 쫓아다니는 놈들은 다 교수 됐는데. 걘 맨날 혼자 공부만 하고 있으니, 참. 교수 되는 순서는 실력 순이 아니라, 아부 순인데 말이야."

"뭐야, 그럼 내가 실력이 없는데 교수됐다는 말이야? 그래서 넌 벌써 차장이 됐구나. 어쩐지."

동기들 중에 제일 먼저 교수가 된, 윤준기가 냉소적으로 말했다.

"네가 그렇다는 게 아니라, 이를테면 그렇다는 거지. 야, 그리고 학교하고 기업은 달라. 우린 하루하루 전쟁이라서 그런 게 통할 수가 없어, 인마."

학부 때부터 제일 학구적이었던 L이 아직 자리를 못 잡았다는 말에 세영은 속으로 굉장히 놀랐다. 교수들 뒤꽁무니를 쫓아다녀야 교수 된다는 말도 충격적이었다. 예기치 않게 무거운 과제를 떠안은 기분이었다.

이때 지도교수였던 이호철 교수가 룸 안으로 들어섰다. 일행이 자리에서 일어나 이 교수를 반겼다. 세영도 일어나 다소곳이 인사드렸다. 벌써 술기운이 완연한 K가 이 교수에게 술을 따르며 말했다.

"교수님, 그런데요, 우리가 대학에서 공부한 게 회사에서 일하는 덴 하나도 도움이 안 돼요. 아니 사회비판 의식이 오히려 걸림돌이 돼요."

이 교수의 침묵을 비집고 윤준기가 대답했다.

"야, 그럼 지금 이 사회제도가 정당하다는 거야? 신자유주의의 맹점에 눈감고 그냥 있으면 그 사회가 건전한 사회가 될 수 있겠어?"

"내 말은 무조건적으로 비판만 하는 게 굉장히 무책임하게 보인다는 거야, 사회에 나와서 보니까."

문득 세영의 뇌리에 대학원 시절 윤준기의 모습이 떠올랐다. 당시 대학원 수업은 타원형 원탁 주위에 학생들이 빙 둘러 앉아, 원서를 요약 발표하고 발표된 내용을 중심으로 상호 토론을 하는 식으로 진행됐다. 늘 적극적으로 토론에 가담하던 세영을 꽤 못마땅해 하던 윤준기가 하루는 수업이 끝나 강의실을 나오는 세영에게 수업 시간에 무슨 발언을 그렇게 많이 하냐고 비난을 했다. 좋은 논문이나 자료가 있으면 세영에게는 어떻게 해서든 넘겨주지 않으려 했던 그였다. 또 하루는 연구실 앞 복도에서 우연히 마주친 세영에게 다짜고짜 이다음에 책을 마구 써내 쓸데없이 종이를 낭비하지 말라고 충고 아닌 충고를 해주었던 적도 있었다.

지금 생각해도 참 어처구니없는 발언이었다. 그때 세영은 그게 무슨 말인가 생각하느라 아무 말도 하지 못했다. 이따금 불쑥 그때 일이 떠오를 때마다 화가 치솟고 기분이 울울했다. 만약 자기가 남학생이었다면 결코 그런 말을 하지는 못했을 것이었다. 겉으론 가장 진보적인 발언을 하면서 내면엔 가장 가부장적인 의식을 갖고 있는 남학생이 바로 그었다.

"야야, 재미없는 얘긴 그만하고 이번에 세영이가 독일에서 왔는데 독일 얘기나 좀 들어보자."

개인 사업을 하는 P의 말에 모두의 시선이 세영에게로 쏠렸다. 세영은 약간의 의무감을 느끼며 입을 열었다.

"나는 독일의 복지 제도가 제일 인상적이었어. 독일의 복지 시스템이 얼마나 잘 돼 있는지 예를 하나 들어보면, 국가가 운영하는 대학생 알바 중에 지체 장애자를 돌봐주는 알바가 있어. 실제로 있었던 일인데, 아주 심각한 장애인 대학생을 돌보는 알바생 얘기야. 그 알바생은 장애인 학생을 위해 아침 6시에 가서 휠체어에 태워 화장실에 데리고 가 씻기고 밥 먹이고 옷 갈아입히고 학교에 데리고 가. 수업 중엔 밖에서 대기하고 있다가 수업이 끝나면 다른 강의실로 데려다 주지. 데모라도 있는 날엔 데모에 참가하고 싶어하는 장애인을 위해 휠체어를 밀며 뛰어다니고, 심지어 과격한 주장을 하는 장애인의 말을 옆에서 통역해줘. 잘 알아듣기 어려운 장애인의 말을 그대로 전달해주는 거지. 하루 일과가 다 끝나면 집에 데리고 가 옷을 벗기고, 몸을 씻기고 침대에 뉘여 주어야 그날 일이 끝나는데, 당연히 일당이 꽤 비싼 알바라, 일 년 365일 동안 드는 비용이 엄청나. 그걸 다 전부 국가가 지불해. 그러니까 지체부자유자가 일반 사람들과 거의 똑같이 생활할 수 있도록 국가가 책임지는 거지."

여기저기서 오, 우, 하는 감탄사가 이어졌다. P가 고개를 갸웃하며 말했다.

"그걸 어떻게 국가가 다 부담하지?"

"이렇게까지는 못한다 해도 연동임금제나 노동시간을 줄이고 노동인구를 늘리는 정책 같은 건 우리도 도입했으면 좋겠어. 요즘 젊은 애들 취업 문제가 장난이 아니잖아."

윤준기가 말하자, P가 바로 이어 물었다.

"연동임금제?"

"부실기업에서 해고된 노동자들을 잘 나가는 기업에서 고용해주는 거 말야."

"그게 어떻게 가능하냐? 우리나라에서."

P가 말하자, 이 교수가 공부는 그만하고 한 잔 하자고 했다. 그의 말을 신호탄으로 술에 취한 동기들이 각자 자기 얘기들을 쏟아내기 시작했다. 정리되기 어려운, 정리될 수도 없는 논의가 무성하게 얽히고설켜 무슨 얘기를 하려고 했는지도 모르게 다들 길을 잃어버린 것 같았다. 동기들은 각자 자기 삶의 현장에서 비롯되는 의식의 갭을 서둘러 봉합하고 싶어했다. 이야기는 주식, 부동산, 새로 선보인 핸드폰 이야기로 이어졌다.

술자리가 끝나 일행 모두 밖으로 나왔다. 중국집 앞 8차선 도로를 달리는 자동차들에서 뿜어져 나오는 헤드라이트 불빛이 요란했다. 길가에 즐비한 음식점들에서 흘러나오는 오색찬란한 빛들까지 가세해 서울을 도깨비 방망이 요술나라로 만들고 있었다. 건너편 도로에서 불어오는 바람이 점점 거세졌다. 동기들이 서로 앞 다퉈 이호철 교수에게 택시를 잡아주려 하자 이 교수가 강하게 말렸다.

이 교수가 자기는 지하철 타고 간다고 제자들에게 손을 흔들며 먼저 걸어갔다. 동기들도 다들 서둘러 인사하고 바람에 등 떠밀리며 갈 곳을 찾아 순식간에 흩어졌다. 세영은 코트 깃을 여미며 지하철역을 향해 걸어갔다.

지하철 계단을 걸어 내려가는 이 교수의 걸음이 느려졌다. 그 뒤로 세영이 천천히 걸어갔다. 늦은 시각이라 별로 사람이 많지 않은 지하철 승강장 앞에 이 교수가 서자, 세영이 그 옆에 다가와 섰다. 둘 다 아무 말 없이 지하철을 기다렸다.

지하철이 멈춰 서자 이 교수가 먼저 안으로 들어가 자리를 잡고 앉았다. 세영도 말없이 그 옆 좌석에 가 앉았다. 터질 듯 팽팽한 침묵이 두 사람을 하나로 묶는 듯했다. 이 교수가 잔뜩 찌푸린 얼굴로 정면을 보다가 두 눈을 감았다. 건너편 창을 바라보는 세영의 눈빛이 무심한 듯 무표정했다. 쏜살같이 달려가는 전철이 내는 굉음만이 세영의 온 감각을 점령했다. 세영은 가만히 두 눈을 감았다.

그렇게 몇 정거장이 지나갔을까, 갑자기 이 교수가 감았

던 두 눈을 부릅뜨더니 고개를 돌려 세영을 바라보며 입을
열었다.

"어떻게 그동안 연락 한번 안 하냐?"

"한번 찾아뵈러 갈게요. 죄송해요."

세영이 겨우 입을 열어 말했다.

06.

 이호철 교수는 아침에 출근 준비를 하면서 딸 미라가 생각나 또 다시 화가 치밀었다. 미라가 대학생이 되기 전에 미리 성형시켜줘야 한다는 아내의 말에 단호하게 반대하지 않은 게 화근이었다. 지난 여름방학엔 집에 도착하기 바쁘게 아내가 미라의 얼굴을 온통 붕대로 감아 놓더니, 이번 크리스마스 땐 또 사각 턱을 깎는다고 야단법석을 떨었다. 제대로 쉬지도 못하고 다시 비행기에 오른 딸이 생각나 마음이 아팠다. 이러다가 나중에 딸아이 얼굴을 제대로 알아볼 수 있을지 걱정이 될 지경이었다.

 딸내미를 그렇게 보내놓고 엄마라는 사람은 아침부터 화려한 드레스를 차려입고 이마에 손을 짚은 채 소파에 비스듬히 기대앉아 있다. 그냥 지나치려는데 손유정이 남편을 불렀다. 아무래도 병원에 가봐야겠다고 했다. 이 교수의 목소리가 저절로 냉소적으로 변했다.

 "왜, 이번엔 어디가 아픈데. 아프면 병원 가야지."

 "당신이 하두 미라 때문에 나한테 뭐라고 하니까 그렇지. 머리가 아파, 어지러워."

 이 교수가 하는 수 없이 소파에 와 앉았다.

 "내가 몇 번이나 당신한테 얘기했지만 더 나이 먹어서 수술하면 안 예뻐. 그래서 서두른 거야. 한 살이라도 더 어릴 때 해야 된다니까."

이 교수는 더 이상 얘기하고 싶지 않았다.

"이번엔 또 며칠 있을 건데."

"아픈 사람한테 꼭 그런 식으로 말해야 돼?"

"한두 번 가야 말이지. 당신 입원 중독이야, 입원 중독. 내가 꼭 모시러 가야 퇴원하시는 입원 중독. 성형 중독에 입원 중독이라."

"그럼 나보고 혼자 퇴원하라는 말이야?"

손유정이 이호철의 뒤통수에 대고 냅다 소리를 질렀다.

운전대를 잡은 이 교수의 마음이 답답했다. 아들을 고등학교 때 미국에 유학시킨 건 그래도 괜찮지만, 딸내미를 중학교 졸업하자마자 미국에 보낸 건 아무래도 잘한 일인 거 같지가 않다. 사춘기가 겨우 끝난 어린 것이 노랑머리들 사이에서 얼마나 외롭고 힘들까 생각하면 매번 마음이 아팠다. 도무지 내 말을 안 듣고 자기 말만 말이라고 하는 아내를 생각하면 피가 끓어오른다. 그러면서도 나한테서 관심과 애정을 구걸하는 꼴 하고는. 끄떡하면 아프다고 병원에 입원하고, 내가 모시러 가야 못 이기는 척 퇴원을 하니. 그게 다 나한테 대접을 받으려는 심사임을 너무나 잘 알고 있다. 예전에는 그렇게까지 이상하지 않았는데, 어쩌다 저런 괴물이 되어버렸는지 알 수가 없다. 대화가 안 될 때마다 대화를 회피해온 자기 책임도 없지 않으리라 생각하니 한숨이 나왔다.

이 교수는 점심을 먹고 연구실에 들어와 창문을 열었다. 볼품 없이 앙상한 나뭇가지에 말라비틀어진 잎새 몇 장이 겨우 붙어있었다. 하지만 놀랍게도 가지 끝부분은 도톰했다. 일찌감치 꽃봉오리를 세상으로 내보낼 준비를 이미 다 마친 상태였다. 자연의 섭리에 감탄하며 이 교수는 저 먼 하늘로 시선을 돌렸다. 구름 한 점 없는 회색빛 하늘이 답답했다. 오늘도 안 오려나. 세영이 생각났다. 개강이 얼마 남지 않았는데 세영이 아직까지 찾아오지 않았다. 한숨이 나왔다.

조금 일찍 퇴근하려고 가방을 싸고 있는데 노크 소리가 났다. 네, 대답하고 고개를 드니, 놀랍게도 세영이었다. 세영이 얌전히 인사를 한 후 들어오지도 않고 어정쩡하게 서 있었다. 그녀의 외투 위엔 마른 나뭇잎이 하나 얹혀 있었다. 이 교수는 다가가 치워주고 싶은 욕망을 간신히 누르며 세영에게 자리를 권했다. 책상 위에 있는 강의시간표를 갖고 와 세영 앞에 내밀었다.

"이번 학기에 두 강좌를 맡아서 해주지."

"감사합니다. 열심히 하겠습니다."

"졸업생들에게 2년씩만 시간강의 주는 거 알지?"

"네."

세영이 기계적으로 대답했다.

"그 사이에 다른 대학 자리를 알아보도록."

"네, 알겠습니다."

세영이 조심스럽게 강의시간표를 훑어보더니 반으로 접어 가방 속에 집어넣었다.

"이제 한국에 왔으니까 학회에서 발표도 하고."

"네, 열심히 하겠습니다. 감사합니다. 그럼, 이만."

세영이 자리에서 일어나려고 했다. 이 교수의 마음이 다급해졌다. 목소리가 불쾌한 듯 높은 억양에 실려 발화됐다.

"나한테 할 말 없나?"

세영이 일어나려다 말고 다시 자리에 앉았다. 고개를 약간 숙인 채 아무 말이 없었다. 팽팽한 침묵이 흘렀다. 참을 수 없다는 듯 이 교수가 자리를 박차고 일어났다. 차 두 잔을 갖고 와 자리에 앉았다.

한동안 차를 마시는 소리만 정적을 두려워하듯 방 안의 공기를 조심스럽게 진동시켰다. 이 교수가 입을 열었다.

"그동안 세 번이나 방학 때 찾아갔는데, 어떻게 한 번도 만나주지 않을 수 있어?"

이 교수의 목소리가 겨우 평소의 침착함을 되찾았다. 세영이 아무 대답도 하지 않는다.

"한국에서 미리 간다고 메시지도 남겼는데. 메시지 봤지?"

세영이 뜸을 들이다가 겨우 네, 하고 대답했다.

"내가 베를린에서 너를 얼마나 찾아다녔는데. 너 그때 베를린에 없었지?"

세영이 고개를 푹 숙인 채 겨우 네, 하고 대답했다.

"어떻게 네가 감히 나한테 그렇게……."

그의 눈 밑 근육이 미세하게 흔들렸다. 세영의 고개가 더 밑으로 숙여졌다. 또 다시 피하고 싶은 무거운 침묵이 흘렀다.

"그럼, 이제 그만 일어날게요."

세영이 힘없는 목소리로 말하곤 일어나 꾸벅 인사를 했다.

"한국에 왔는데, 자주 좀 보자. 연, 연락도 하고."

이 교수가 세영을 붙잡듯 말했다. 이 교수는 말을 더듬거리는 자기 자신이 마음에 들지 않았다. 세영이 의례적인 목례를 하더니 도망치듯 연구실을 나갔다. 세영이 나가자마자 이 교수는 자리에서 벌떡 일어났다. 도저히 마음이 진정되질 않았다. 창가로 다가가 창밖을 내다보았다. 조금 있으려니 세영의 뒷모습이 보였다. 온몸의 피가 얼굴 위로 확 몰렸다.

모든 여자가 다 내 발 아래 있는데, 마음만 먹으면 안 되는 게 없는데. 왜? 왜? 왜?

이 교수는 세영이 뭔가 설명해 주기를 기대했었다. 이 교수의 자존심이 쩽, 하고 두 동강 났다. 한 번도 경험해

본 적이 없는, 도저히 적응이 안 되는 경험이었다. 이 교수
는 주먹으로 유리창이라도 깨고 싶은 마음을 가까스로 눌
러 앉혔다.

07.

윤미는 지난번 세영에게서 전화를 받고 난 다음부터 하루도 마음이 편하질 않았다. 동기 모임에 참석하지 않은 것도 아직 마음의 정리가 완전히 안 된 상태인데다가 동기들이 세영을 금의환향해줄 게 뻔했기 때문이었다. 지난주엔 막내 윤서가 드디어 서울 명문고에 발령이 났다고 연락을 했다. 일남 삼녀 중 둘째로 태어나 늘 자기 몫을 챙기기 바빴지만, 형제 중 공부를 제일 잘해 명문대를 나온 자기보다 공부를 못했던 윤서가 명문고 선생이 됐다는 소식이 마냥 즐거울 수가 없었다. 윤미는 영주와 영석이 교대로 옆에 다가와 귀찮게 했지만 계속 밀어내며 고민에 고민을 거듭했다. 그러다가 베란다 창 너머 옅은 하늘빛 서쪽 하늘이 핏빛으로 장대하게 물들던 순간, 드디어 중대한 결정을 내렸다.

일단 결심을 하고 나자 해야 할 일들이 한둘이 아니었다. 제일 먼저 지도교수였던 이호철 교수를 만나 박사과정 특별입학 허가를 받을 수 있는지 의논해야 한다. 아마도 남편은 하필이면 쌍둥이가 초등학교 들어가는 올해에 꼭 박사과정에 들어가야겠냐고 하겠지만, 결국은 자기 말을 들을 것이다. 박사과정이 2, 3년 걸린다 치고 논문 쓰는 데 또 그 정도 시간이 걸린다고 보면 30대 후반에나 겨우 학위를 받을 수 있을 터였다. 윤미는 늦어도 40대 초반에는 교수가 되고 싶었다.

문제는 쌍둥이 교육 문제였다. 동생 윤서 애들을 봐주었던 친정 엄마를 데려오고, 지금 있는 아줌마를 내보내고 돈이 좀 더 들더라도 애들 학업에 도움을 줄 수 있는, 젊고 괜찮은 여자를 하루빨리 구해야 된다. 마지막으로 제일 어려운 일이 바로 애들 스케줄 짜는 문제였다. 윤미는 영어와 중국어를 동시에 배울 수 있고, 학원차를 운영하는 외국어 학원을 알아보았다. 그동안 해왔던 발레와 축구 외에 새로 스케이트를 시작하려 하는데 애들을 어떻게 보내느냐가 특히 골치였다. 달리 방법이 없었다. 윤미는 쌍둥이와 같은 유치원 학부형이었던 502호 아줌마를 찾아가 미리 부탁해야겠다고 결론지었다. 물론 선물도 잊지 않을 것이다.

윤미는 오늘 이 문제를 매듭짓기 위해 잔뜩 긴장된 마음으로 전화를 걸었다. 502호 아줌마의 목소리가 그다지 내켜하지 않는 듯했다. 윤미는 정신을 초집중했다.

"그러니까, 제가 특별히 부탁드리는 거예요. 꼭 부탁드립니다. 제가 절대 이 은혜는 잊지 않을 거예요."

윤미는 은혜라는 단어에 엑센트를 주었다. 그리고 한참만에야 겨우 딱딱한 목소리를 들을 수 있었다.

"그럼 시간은 꼭 좀 지켜주셔야 해요."

"그럼요. 제가 잘 말해 놓을게요. 스케이트랑 챙겨서 3시정각에 정확히 아파트 정문 입구에서 기다리도록 하겠습니다. …… 네, 네. 물론이죠. 너무 고맙습니다."

뚜우, 소리가 나자 윤미는 살며시 핸드폰을 닫았다. 긴 한숨이 나왔다. 전업주부들이 직장 여성들을 얼마나 꺼려하는지, 가능한 한 그들을 멀리하려 하는지 윤미는 누구보다 잘 알고 있었다. 방법은 하나밖에 없었다. 윤미는 핸드폰을 열어 백화점에 갈비 한 짝을 주문했다. 그리고 얼른 식탁에 다가가 A4 용지를 꺼내 쌍둥이 방과 후 스케줄을 빼곡이 적기 시작했다.

세영네 가족은 그들만의 새로운 가정생활의 기본 골격을 조금씩 만들어 나갔다. 기대를 저버린 큰딸 세영에게 울부짖듯 그동안 쌓였던 한을 풀어놓았던 엄마도 언제 그랬냐는 듯 어느새 수지의 광팬이 되어 있었다. 특히 저녁 식사 후 수지가 할아버지와 오목을 두거나 나란히 앉아 책을 보는 모습은 식구 모두에게 큰 위로와 기쁨을 주었다. 주말에 가끔 선영과 민철이 놀러오는 날에는 기쁨이 배가 되었다. 수지는 민철에게서 혈육의 진한 정을 느끼는 듯했다. 겨우내 피아노에 열을 올리던 수지가 요즘은 유치원생이 된다고 잔뜩 신이 나 있다. 한국 유치원 생활에도 잘 적응할 것이 분명했다. 이 모든 게 부모님 덕분임을 세영은 뼈저리게 느꼈다.

세영의 시간강사 생활도 순조로운 편이었다. 처음 교단에 올라섰을 땐 꼭 교수대 위에 올라서는 기분이었다. 출석을 부르고 나서 고개를 들었을 땐 또 사방에서 숨죽이고 자기를 쳐다보는 형형한 눈빛들에 섬뜩했다. 저들의 머리 위로 흘러나오는 저 호기심, 긴장과 열의를 끝까지 놓치면 안 된다는, 압박감에 숨이 막혔다.

　그러나 처음 강의를 시작하는 멘트를 하고 나서부터는 어떻게 시간이 흘러갔는지 모르게 일사천리로 강의가 진행됐다. 나중에 학생들의 소소한 움직임을 보고서야 강의 시간이 끝났다는 걸 겨우 알아차렸다. 세영은 약간 어지럼증을 느끼며 교단에서 내려왔다. 학생들이 우르르 쏟아져 나오는 복도를 걸어 나오는데 보람과 기쁨이, 해방감과 성취감이 세영의 작은 가슴에 밀려들었다.

　밖으로 나오니 쏟아지는 햇살에 눈이 부셨다. 세영은 잠시 가만히 서서 햇살을 힘껏 받아들였다. 얼마나 그리워했던 조국의 햇살이었던가. 세영이 가벼운 걸음으로 걸어가는데 멀리서 눈에 뜨일 만큼 화려한 옷차림에 한쪽에 두꺼운 책을 옆구리에 끼고서 걸어올라 오는 한 여자가 눈에 들어왔다. 윤미였다. 세영이 놀람과 반가움을 감추지 않고 활짝 웃으며 웬일이냐고 묻자 윤미가 넌? 하며 물었다.

　"오늘 처음 수업을 하고 나오는 길이야."

　"그래?"

윤미의 얼굴이 일시 경직됐다가 금방 얼굴색을 바꾸며 말했다.

"나, 이번 학기에 박사과정에 들어왔어."

윤미가 다부지게 입꼬리를 올리며 말했다. 어, 그래? 세영이 눈을 크게 뜨며 놀라워하자 윤미가 수업 때문에 가 봐야 한다며 종종 걸음으로 사라졌다. 잠시 세영은 어리벙 벙한 채 윤미의 뒷모습을 바라보고 서 있었다.

08.

세영이 E여자대학에 교수채용 서류를 제출하러 간 날은 벌써 여름이 온 것처럼 아침부터 무더웠다. 울창한 아름드리나무들이 햇살을 듬뿍 받고 서 있는 캠퍼스 안을 젊은이들이 힘차게 걸어가고 있었다. 세영은 자기가 더 이상 저들처럼 예전의 젊은이가 아님을 알았다. 방심한 듯 해맑은 그들의 모습에서 세영은 쓸쓸함과 미약한 질투심을 느꼈다.

지금 이 순간, 미래에 대해서, 아니 그 무엇에 대해서도 심각하게 고민하지 않는 듯한 저들의 방심. 방심해도 좋은, 아니 방심하는 것이 더 어울리는 저들의 젊음.

나도 그럴 때가 있었다. 저들은 자기의 행운을 전혀 알지 못하는 부잣집 자식을 닮았다. 젊음이 사라졌을 때에야 비로소 우리는 젊음을 생각한다. 행복할 때 우리는 아무런 생각도 할 필요가 없다. 결핍만이 우리를 사색으로 몰고 간다.

세영은 행정실에 가서 서류를 제출하자마자 음대 교수로 있는 오 교수 연구실로 향했다. 베를린에서 세영이 거주했던 주택 위층에 살았던 오 교수는 아버지가 그때 당시 명문 K대 학장이었던 명문가 출신으로 나이가 세영보다 한 살 어리지만, 일찍 학위를 마치고 한국에 와 작년에 E여자대학 교수가 됐다. 오 교수는 세영이 어린 수지를 데리고 고생할 때 몇 번이나 수지를 봐 줄 정도로 마음씨가 고운 대학후배였다.

오랜만에 만난 오 교수는 5월에 막 피어난 연분홍 장미처럼 아름다웠다. 독일에서 본 모습과는 사뭇 달랐다. 연구실 벽면은 연회색 폴리우레탄 피라미드형 흡음재로 마감됐고, 하얀색 야마하 피아노와 깔끔한 오디오 세트가 잘 배치되어 있었다. 모든 게 고급스럽고 쾌적하고 안정돼 보였다. 세영이 베를린에서 많이 신세졌었다고 하자 오 교수가 오히려 자기가 수지랑 놀면서 더 도움을 받았다고 했다. 세영은 예쁜 사람이 참 말도 예쁘게 한다고 생각했다. 두 사람은 바로 자리에서 일어나 사회대 학장실로 향했다.

커다란 유리 창문을 반쯤 뒤덮은 아이비 넝쿨 이파리가 인상적인, 널찍한 학장실에 오 교수가 세영을 데리고 들어갔다. 나이가 지긋하고 앞머리 몇 가닥만 희끗한 학장이 환한 미소로 책상에서 일어나 오 교수를 환영했다. 오 교수가 애교 섞인 목소리로 웃으며 말했다.

"이번에 교수채용에 지원한 선생님이에요. 독일에 있을 때 위아래 층에 살았는데, 공부 많이 하신 분이에요. 잘 부탁드립니다."

"아, 네. 잘 알겠습니다."

학장이 연신 웃으며 고개를 끄덕이자, 오 교수는 일이 있어 죄송하다며 먼저 자리를 떴다.

오 교수가 나가자 어색해진 세영이 무슨 말을 해야 할까 하고 있을 때 전화벨 소리가 났다. 업무 관련 전화인 것 같았다. 학장이 간단히 말하고 전화를 끊자마자 또 다시 전화벨이 울렸다. 학장이 전화를 받았다. 이야기가 길어질 듯했다.

세영은 유리창 쪽으로 고개를 돌렸다. 아이비 나무 잎사귀들이 짙은 암청색을 띠고 있었다. 얼마 전에만 해도 어린 연두 빛이었는데. 세영은 언젠가 보았던, 수심이 깊은 지중해 바닷물 색이 떠올랐다. 통화가 꽤 길어지고 있었다. 친구와 여름방학 여행 계획을 잡는 것 같았다. 얘기가 좀처럼 끝나질 않았다. 세영은 멍하니 앉아 벽에 진열된 장서들을 구경했다.

얼마나 시간이 지났을까, 학장이 전화기를 내려놓으면서 시계를 보더니 점심 약속이 있다고 이력서만 놓고 가라고 말했다. 아까 오 교수에게 보여주었던 미소는 온데간데없고 지극히 사무적인 말투였다. 세영은 얼떨결에 서류를 내밀고 일어나 공손하게 인사하고 방을 나왔다. 결국 학장과는 한마디도 제대로 나누지 못하고 나온 꼴이었다. 게다가 학장의 전화가 그렇게 중요한 전화 같지 않았다. 세영은 심한 모욕을 당한 느낌이었다.

몸이 많이 회복되자 세영 아빠는 세영의 모교 앞에 자그마한 서점을 차렸다. 세영의 가족에겐 기적과도 같은 일이었다. 아빠에게 딱 맞는 일인데다가, 무엇보다 아빠의 의지가 승리를 거둔 결과였다. 처음으로 수지와 함께 서점을 방문하기로 한 날, 세영은 노란 장미 한 다발을 사들고 수지와 나란히 서점을 향했다.

수지가 신이 나서 서점 안을 뛰어다니더니 어느새 동화책을 하나 집어 의자에 앉아 책을 보기 시작했다. 아빠가 세영에게 국화차를 타왔다. 라디오 FM에서 흘러나오는 묵직한 첼로 소리가 국화차 향기에 실려 실내를 가득 채웠다.

"아빠, 이제 정리가 거의 다 된 거 같네. 아담하고 마음에 들어요."

세영이 주위를 둘러보며 말했다.

"그래? 니 마음에 들어 다행이다."

"진짜 건강 괜찮으시겠어요?"

"이젠 자신 있다니까. 내 걱정은 절대 할 필요 없다."

세영은 문득 유학 당시 아빠가 한국 책들을 보내주던 게 생각났다.

"아빠, 나 독일에 있을 때 아빠가 보내준 한국 책들, 정말 도움 많이 됐어요."

"뭘 그까짓 걸 갖고. 이번엔 무슨 책을 보내줄까, 즐거운 고민이었지."

"정말이라니까. 유학 초기에 우리말을 마음대로 할 수 없

어 너무 힘들었는데, 그때 내가 생각해 낸 게 아빠가 보내
준 책으로 한 달에 한번 유학생들끼리 스터디를 하는 거였
어. 그 책 갖고 밤새도록 토론하고 실컷 한국말도 할 수
있어 일석이조였지."

"정말? 전혀 몰랐네."

아빠의 눈가에 기쁨의 눈주름이 잡혔다.

"아빠, 절대 무리하지 말고. 일찍 일찍 문 닫아요."

"알았어. 내 걱정은 하지 마.…… 언젠간 이 서점에서 네
가 쓴 책을 팔 날이 오겠지?"

세영의 고개가 절로 숙여졌다.

"참, 내가 너한테 보여줄 게 있다."

아빠가 카운터 밑에서 커다란 종이상자를 꺼냈다.

"이게 내 보물단지야."

아빠가 흐뭇한 표정으로 뚜껑을 열며 말했다. 상자 속엔
세영이 쓰던 오래된 공책이며, 낡아빠진 상장들, 너덜너덜
한 일기장, 누런 성적표, 세영의 석사학위 논문과 박사학위
논문집, 잡지에 쓴 잡문 같은 잡동사니들이 하나 가득 들어
있었다. 세영의 가슴에 무언가 둔중한 것이 쿵 떨어졌다.

"엄마, 그게 뭐야?"

수지가 책을 보다 말고 뛰어왔다. 신기하다는 듯 상자
속을 정신없이 뒤져보기 시작하자 세영은 슬그머니 서점을
나왔다.

세영은 서점 주위를 한 바퀴 둘러보고 싶었다. 대학가답게 주위 건물들 일층엔 복사집, 문구점, 서점, 꽃집, 커피숍 등이 일렬로 줄 서 있었다.

"아니, 세영 씨 아니세요?"

커피숍 문 앞에서 한 남자가 세영을 보고 말했다. 세영은 어디서 본 듯 했지만 기억이 가물가물했다.

"지난 가을 베를린 U대학에서 만났던 이민우입니다. 왜 김은성하고 카페테리아에서."

세영은 뒤늦게 기억이 났다. 미안했다.

세영은 민우에게 이끌려 커피숍 안으로 들어갔다. 한쪽 벽면엔 책들이, 다른 쪽엔 두꺼운 통유리가 벽돌 기둥들에 둘러싸여 있고, 구석엔 유럽풍의 인테리어 소품들로 꾸며진 깔끔한 북카페였다. 어느새 내렸는지 민우가 커피 한 잔을 세영에게 내밀었다.

"베를린에서 오자마자 준비해서 올 봄에 오픈했어요. 발이 부르트게 돌아다녔지만 아무래도 모교 앞이라 이쪽이 제일 끌렸어요."

"잘 하셨네요. 우리 아빠도 며칠 전에 이 근처 건물에 서점을 오픈했는데."

"아, 알아요. 그럼 그 서점 주인이 세영 씨 아버님이세요?"

"네. 맞아요."

"와우, 이럴 수가. 어제도 제가 그곳에 들렀는데. 놀랍네요. 옆에 서점이 생겨 엄청 좋아했는데."

"그때 유럽 여행 중에 여기 소품들을 사오셨나 봐요."

세영이 주위를 둘러보며 말했다.

"네, 맞아요. 저, 세영 씬 저를 잘 기억 못 하셨지만, 사실 제가 복학하고 처음 들은 교양수업에서 세영 씨를 처음 봤었어요. 그때 조 대표로 발표도 하셨는데."

"그래요? 전 잘 기억이……."

세 번의 우연적 만남이라니 너무 놀랍다고 말하는 민우를 뒤로 하고 세영은 차를 마시자마자 자리에서 일어나 나왔다. 민우의 아쉬워하는 눈빛이 뒤통수를 따라왔다. 처음 봤을 땐 몰랐는데, 눈가 주위를 감도는 어둑한 분위기와 달리 서글서글한 눈매에 눈동자가 참 맑은 사람이었다.

09.

1학기 성적표를 제출하고 나자 여름방학이 시작됐다. 세영은 요즘 E여자대학 소식이 몹시 궁금했다. 일이 어떻게 진행되고 있는지 조바심이 나서 오늘 아침엔 책이 전혀 눈에 들어오질 않았다.

이때 수지가 현관에 들어왔다. 대충 인사만 하고 그대로 자기 방으로 직행하려는 수지를 세영이 붙들었다. 눈두덩이 부어 있는 수지를 다그쳐도 수지가 좀처럼 입을 열지 않았다. 평소와 너무 다른 수지의 행동에 세영의 가슴 한 구석이 올랑거렸다.

"소꿉놀이 하는데."

"응, 소꿉놀이 하는데."

"내가 아빠는 없어도 된다고 했는데."

"응, 그랬는데."

"아니래, 아빠가 꼭 있어야 한대, 유라가."

"그래서."

"애들이 몰려와서……."

순간 수지의 얼굴이 일그러지면서 눈물이 터져 나왔다. 세영이 수지를 가만히 껴안았다. 주먹으로 눈물을 훔치면서 수지가 말했다.

"엄마, 애들이 선생님한테 그랬어. 결혼도 안 하고 어떻게 애를 낳는 거냐고."

세영의 몸이 뒤로 살짝 휘청거렸다. 가까스로 몸의 균형을 잡으며 신경을 집중하려 노력했다. 세영은 수지를 데리고 수지 방으로 들어갔다. 수지의 눈을 똑바로 쳐다보자 수지가 엄마의 눈을 피했다. 세영은 수지를 흔들어 자기 두 눈을 똑바로 쳐다보게 만들었다.

"수지야, 잘 들어. 아빠 없는 애는 없지만, 아빠랑 같이 살지 않는 가족은 많아. 봐, 민철이도 아빠가 외국에 있잖아. 그리고 이 세상엔 결혼하지 않은 엄마하고만 사는 애들도 있는 거야."

수지는 주눅이 든 채 고개를 주억거렸다.

"알았어?"

"……."

수지가 고개를 끄덕였다.

"엄마가 뭐라고 그랬지?"

"이 세상엔 결혼하지 않은……."

"이 세상엔 결혼하지 않은 엄마하고만 사는 애들도 있어. 알았어?"

"알았어."

"말해봐."

"이 세상엔 결혼하지 않은 엄마하고만 사는 애들도 있는 거야."

"그래."

어깨에서 힘이 쭉 빠진 세영이 수지의 두 팔을 내려놓았다. 수지가 뭔가 하고 싶은 말이 있는 듯한 표정을 지었다가 금세 지웠다.

세영은 어린 수지가 조금씩 자기 감정을 추스르는 모습을 가만히 옆에서 지켜보았다. 어린애답지 않게 힘겹게 자기를 진정시켜 나가는 모습을 보고 있자니 가슴이 베인 듯 아려오지만, 어쩔 수 없었다. 어금니를 꼭 물고 나서 심호흡을 했다.

이것이 어쩔 수 없는 너와 나의 운명이니까, 견뎌내자.

세영이 두 팔을 벌려 수지를 꼭 껴안았다. 한참 뒤, 팔을 푼 세영이 수지의 양 볼에 뽀뽀를 했다. 독일에선 성질이 고약한 한스에게서 시달림을 받았는데, 이곳에서의 삶도 녹록치 않을 것 같구나. 세영은 어린아이들에게서 인간의 악한 본성을 확인한 듯 씁쓸했다. 침대 위에 누운 수지가 엄지손가락을 입에 문 채 금방 잠이 들었다. 세영이 손가락을 살며시 빼내고 수지 방을 나왔다.

몇 주째 E여자대학에서 아무 연락이 없는 건 아무래도 이상했다. 이제 조금 있으면 가을학기가 시작될 터였다. 세영은 자기 방안을 이리저리 걸어 다니다가 제자리에 멈춰섰다. 결연한 동작으로 핸드폰을 열어 학장에게 전화했다. 살얼음을 걷듯 조심스럽게 입을 열었다.

"저 학장님이시죠? 저 지난번에 찾아뵀던 유세영이라고 합니다."

"그런데요?"

스타카토로 끊기는, 학장의 딱딱한 목소리에 세영의 심장이 뛰기 시작했다.

"저, 혹시 학장님 댁을 잠깐 방문해도 될는지 몰라서요."

세영은 젖 먹던 힘을 다해 최대한 깍듯하게 말했다.

"아니, 그게 무슨 말이죠? 요즘 세상이 어떤 세상인데 집엘 다 오려고 해요?"

세영이 뭐라고 말하기도 전에 뚝 전화가 끊겼다.

세영은 한참 동안 뚜, 뚜, 뚜, 하는 소리를 그대로 듣고 서 있었다.

커피를 내오는 오 교수의 투명한 피부를 뚫고 불편한 심사가 그대로 드러났다. 세영은 어제 한참을 망설이다가 하도 답답해서 오 교수에게 전화를 했다. 지난번에 처음 약속을 잡을 때보다 훨씬 더 미안했지만 어쩔 수 없었다. 지금도 얼굴이 따끔거려 오 교수를 정면으로 쳐다보지 못했다.

오 교수가 단도직입적으로 말했다.

"서류심사에 최종적으로 언니하고 학장님 조카하고 두 사람이 올라갔는데, 본부 회의에서 언니가 떨어졌나 봐요. 사실 내가 보기엔 언니가 여러모로 훨씬 나은 것 같던데. 그 조카 분은 출신 대학도 그렇고, 국내 박사더라구요."

"그러면…… 왜 그랬을까요?"

"그분이 학부 성적이 더 좋다나 봐요."

"학부 성적이 그렇게 중요한 건가요?"

"글쎄, 꼭 그렇진 않은데. 그때그때마다 조금씩 다르게 적용되니까. 인문사회대 쪽은 내가 잘 몰라서……."

세영이 캠퍼스를 걸어나오는데 서서히 분노가 치솟았다. 그러니까 학장은 처음부터 자기 조카 때문에 나를 냉대했던 게 분명했다. 그것도 모르고 그 숱한 날들을 번민하며 애태웠다니. 아무나 붙들고 학장 욕을 실컷 하고 나면 속이 시원할 것 같았다. 하지만 아무리 생각해도 터놓고 얘기할 만한 사람이 없었다. 윤미와 선영의 얼굴을 떠올렸지만 둘 다 아니었다. 속이 부글부글 끓는데 동시에 한기를 느낄 정도로 서글펐다.

아빠 서점을 향하던 세영이 방향을 틀었다. 아무래도 이 상태로 아빠를 보면 안 될 것 같았다. 세영은 자기도 모르게 육중한 짙은 고동색 철제 문 앞에 섰다. 민우의 커피숍이었다. 조심스레 문을 열고 들어가자 카운터 옆에서 책을 보고 있던 민우가 고개를 들었다. 세영의 얼굴을 맞닥뜨린 민우의 얼굴에 미소가 번졌다. 숨길 수 없이 정직한 미소였다.

몇 마디 하지도 않았는데, 어느새 세영의 마음을 읽은 민우가 후배에게 전화를 걸었다. 후배가 생각보다 빨리 커피숍에 도착했다. 어리둥절해 하는 세영에게 민우가 술을 사주겠다며 앞장을 섰다.

　아직 술을 먹기는 이른 시간이라 두 사람은 캠퍼스를 조금 걷기로 했다. 길게 이어진 산등성이 위로 불그스름한 기운이 내려앉고 있었다. 두 사람은 별로 학생들이 다니지 않는, 캠퍼스 외곽도로를 따라 천천히 걸음을 옮겼다. 어느새 검게 변한 산마루 아래 광활한 캠퍼스 위로 잿빛 안개가 깔리더니 길가의 가로등에 일제히 불이 들어왔다. 강의동 건물들이 하나 둘 희붐한 어둠의 커튼 뒤로 물러나고, 완만한 곡선의 커브 길이 저 멀리 꼬리를 감추었다. 뿌연 가로등 불빛 아래 세영이 혼잣말을 하듯 오늘 겪은 일을 털어놓기 시작했다.

　잠시 뒤, 낮게 깔린 민우의 음성이 어디 먼 곳에서 오는 소리인 양 들려왔다.

　"잊어버리세요. 사람들이 왜 그렇게 쥐꼬리만한 권력이라도 잡으면 자기밖에 모르는지 모르겠어요."

　"제가 바라는 건 인간에 대한 최소한의 예의예요."

　"그러게요. 그런데 이렇게 한번 생각해 보는 건 어떨까요? 이번 일로 속상해야 할 사람은 세영 씨가 아니라 그 학장이라고요. 잘못도 안 한 사람이 피해를 보는 건 너무 억울하잖아요. 그리고 이번에 처음 서류를 낸 건데 너무 빨리 되면 별로 재미도 없고요."

두 사람은 어두컴컴한 학교 뒷골목, 불이 환한 선술집을 찾아 들어갔다. 거리는 8년 전의 거리가 분명한데, 가게들의 외양은 많이 바뀌어 있었다. 젊음의 독특한 분위기에 묘한 이질감을 느끼며 두 사람은 고깃집 구석에 자리를 잡았다. 삼겹살을 굽는 민우의 손이 바쁘게 움직이고, 세영은 말없이 소주를 연거푸 들이켰다.

"사실 전 오늘, 세영 씨와는 다르게 기분이 좋습니다. 오늘 같은 날 이렇게 절 찾아주셔서요. 저한테도 이런 날이 오네요."

"민우 씨, 제 인생의 목표가 뭔지 아세요?"

"음……, 교수 되는 거?"

"아니에요."

"그럼?"

"저는요, 실수한 사람도 잘 살 수 있다는 걸 보여주고 싶어요. 사람은 누구나 실수할 수 있잖아요."

술기운으로 흐릿해진 세영의 눈망울에 불이 들어오더니 이내 꺼졌다. 씁쓸한 기운이 눈 주위로 번져나갔다.

"세영 씨 말에 저도 전적으로 공감입니다. 길지 않은 인생이었지만 지금까지 제 삶도 실수의 연속이었어요."

세영이 고개를 갸우뚱하며 민우를 쳐다보았다.

"제가 법대 간 거부터가 실수였어요. 고시공부하면서 나랑 너무 맞지 않다는 걸 깨달았죠. 물론 돌아가신 아버지가 원해서 갔지만, 그것으로 내가 나를 너무 몰랐다는 걸 덮을 순 없어요. 대학을 졸업하고서도 한참이 지나서야 진로를 바꿨으니 헛짓만 한 셈이죠. 솔직히 너무 늦은 것 같아요."

"……."

"그게 다가 아니에요. 전 사랑에도 실패 경험이 있어요."

잠시 말이 없던 세영이 잔을 들어 민우의 잔에 부딪쳤다.

"그런 건 실수도 아니죠. 그런데 민우 씨 또 실수하시는 거 아니에요? 전 딸이 있는 여잔데, 제게 이렇게 귀한 시간을 내주면 안 될 거 같은데요."

장난기 어린 눈빛으로 말을 시작했지만, 세영의 입가에 머물던 미소는 말이 끝나기도 전에 사라져버렸다. 그, 그건 꼭 그렇지 않죠. 민우는 어물쩡 입을 다물었다. 세영의 얼굴이 급속 냉각되었기 때문이었다. 함부로 말을 내뱉으면 안 될 것 같았다. 민우는 마구 달려가는 말고삐를 갑자기 끌어당긴 것처럼 막힌 숨을 토해냈다.

10.

2학기 마지막 수업을 하러 캠퍼스를 오르는데 길바닥에 떨어진 은행나무 잎새들이 어느새 고동색 흙 빛깔로 바뀌어 있었다. 샛노란 이파리들이 파란 가을 하늘을 배경으로 황홀한 배색을 이루며 서 있던 날이 바로 엊그제 같았는데. 테두리도 다 찢겨진 채 고왔던 제 형체마저 잃어버린 상태다. 이제 시간이 더 흐르면 언젠가는 본연의 존재로 되돌아가 있으리라. 모든 생명체는 결국 흙으로 돌아간다는 만물의 공평함을 떠올리자 세영의 스산하던 마음이 조금 안온해져 왔다. 견고한 근원으로서의 흙의 존재가 끝없이 변화하는 삼라만상의 존재자들의 가벼움을 떠받치고 있는 형상이다. 자신도 쉼 없이 달리다 보면 언젠가는 근원으로 돌아가 영원한 휴식을 맞이할 수 있지 않을까. 세영은 잠시나마 마음의 평화를 느꼈다.

세영은 수업을 마치자마자 며칠 전 신문에서 본 K대 교수채용에 제출할 서류를 떼러 행정실로 향했다. 서류를 갖고 나오는데, 지난 학기 서류를 제출했던 E여자대학이 생각나 기운이 쑥 빠졌다. 마치 출구도, 구조도 전혀 알 수 없는, 컴컴한 터널 속에 들어가 갇힌 기분이었다. 이건 시험을 잘 보는 문제나, 학위 논문을 쓰는 문제와는 완전히 다른 문제였다. 크기가 전혀 가늠되지 않는 거인과 맨손으로 싸우는 것 같은 느낌이랄까. 이른 아침 캠퍼스를 걸으며 느꼈던 마음의 평화가 어느새 와장창 깨져버리고 말았다.

지난번 민우와의 만남 이후, 세영은 아빠에게서 그가 서점 단골손님이라는 얘기를 들었다. 수업이 끝나면 잠깐이라도 아빠 서점에 들렀다 집에 오곤 하던 세영은 그곳에서 벌써 여러 번 민우를 만났다. 일부러 세영이 오는 시간에 맞춰 서점에 오는 게 아닐까 싶을 정도였다. 그때마다 세영은 등 떠밀려 그의 커피숍에 들르곤 했다. 차 한 잔 마시고 나오는 짧은 시간이었지만 책 얘기, 세상 돌아가는 이야기로 어느새 그곳은 세영에게 세상을 향한 작은 환풍구 같은 곳이 되어 있었다. 세영은 오늘 자기가 풀이 죽어 있음을 의식했다. 자기도 모르게 서점을 향하던 발걸음이 커피숍 쪽으로 방향을 선회했다.

문을 열고 들어선 세영의 눈이 카운터 앞 높다란 의자에 앉아 책을 보다가 고개를 든 민우의 눈과 마주쳤다. 순간 민우의 광대뼈가 올라가면서 입가가 조가비처럼 벌어졌다.

"이렇게 직접 행차해 주셔서 영광입니다."

민우가 세영에게 자리를 권했다.

오늘따라 커피숍 안이 한가했다. 민우가 바로 커피를 내왔다. 창밖엔 갈바람이 불고 있었다. 몇 개 남지 않은 가로수 이파리들이 힘없이 흔들리다 하나 둘 아쉬운 듯 공중을 휘돌며 서서히 낙하했다. 세영이 차를 마시는 동안 민우 역시 아무 말이 없었다. 세영은 잠시 망설이다가 그냥 자기 속마음을 솔직히 털어놓았다. 어차피 고민을 숨기기 힘든 사람이었다. 이상하게 그다지 친한 사이가 아님에도 불구하고, 아니 오히려 그렇기 때문에 더더욱 고민을 거부감 없이 다 털어놓게 되는, 그런 사람이 있다. 지금 민우가 바로 그런 사람이었다.

침묵이 흐르는 사이, 민우의 눈망울에 엷은 사색의 커튼이 드리워지는 듯했다. 고개를 들어 세영을 쳐다보는 민우의 눈꺼풀이 한두 번 깜박거렸다. 다시 밝아진, 암갈색 눈동자의 눈빛이 곧고 강렬했다.

"힘들어도 참아 보세요. 내가 항상 뒤에서 응원할게요. 이 세상엔 쉬운 일도 없지만, 안 되는 일도 없다고 생각해요."

겨울 바다처럼 묵직하게 가라앉은 목소리였다. 쉬운 일도 없지만, 안 되는 일도 없다. 세영은 속으로 이 말을 되씹어 보았다. 묘하게 위로를 받는 느낌이었다. 그만의 독특한, 진중하고 질박한 성품이 느껴졌다. 세영을 괴롭히던 고통의 무게가 한 움큼 덜어지는 듯했다.

"……고마워요."

이때 누군가 커피숍 문을 열고 들어왔다. 세영과 민우의 고개가 동시에 그쪽으로 돌아갔다. 이호철 교수였다. 세영은 속으로 너무 놀라 의자에서 벌떡 일어날 뻔했다. 동시에 두 사람을 번갈아 쳐다보는 이 교수의 얼굴이 굳어졌다. 민우가 자리에서 일어나 인사했다.

이 교수가 세영의 자리에 다가왔다. 이 교수의 한 뼘 올라간 어깨와 한껏 벌어진 눈동자엔 반가움과 의아함이 뒤범벅되어 있었다.

"네가 어떻게 여기에……."

세영은 뭐라고 말하기가 힘들었다. 망설이고 있는데, 민우가 밝은 목소리로 말했다.

"아하, 교수님, 세영 씨 지도교수님이시죠?"

"교수님이 여긴 어쩐 일로."

세영이 어정쩡한 목소리로 물었다.

"세영 씨, 교수님 우리 가게 단골이세요."

"둘이 아는 사이야?"

이 교수가 묻자 민우가 세영과의 인연을 짧게 설명했다.

"으음."

이 교수가 신음 소리를 삼키며 눈길을 찻잔 속으로 떨구었다. 드러난 이마 위에 굵은 가로 주름이 두어 개 잡혔다 서서히 펴졌다.

민우는 학부 시절 학생들에게 인기 많았던 이 교수가 자기 커피숍에 들를 때마다 늘 기분이 좋았다. 당시 열정적으로 명강의를 했던 모습이 아직도 선명했다.

민우는 서둘러 커피를 내왔다. 세 사람 모두 아무 말이 없었다. 이루마의 낮은 피아노 소리가 실내의 불편한 분위기를 무마시켜 주려는 듯 잔잔하게 울려 퍼졌다. 민우가 이 교수를 바라보며 조심스레 말했다.

"이번에 세영 씨가 K대학에 서류를 낸대요."

"그래?"

"여기저기 내보는데 아무 소식이 없어서 고민이 많은 거 같아요."

이 교수의 양 볼에 근육이 잡혔다 풀어졌다. 몹시 못마땅해하는 표정이었다.

"으음. 넌 나한텐 아무 말도 없더니……."

세영은 뭐라고 말을 해야 할지 알지 못했다. 세 사람 사이에 투명한 격벽이 세워진 듯 다시 단단한 침묵이 실내를 메웠다. 이 교수가 썩 내키지 않아 하는 표정으로 딱딱하게 말했다.

"세영아, 대부분 대학에선 이미 내정자가 있는 상태에서 공고를 내는 거야. 괜히 들러리 서지 마."

이 교수의 말이 다 끝나기도 전에 세영은 얼굴에 뜨거운 모래가 확 뿌려진 것처럼 숨이 막혀왔다.

'대부분의 대학에선 이미 내정자가 있다니. 그게 사실이라면.'

그날 저녁 내내 세영은 자기가 끝도 없이 펼쳐진 사막

한 가운데에 홀로 서 있는 기분이었다. 그 흔한 낙타 한 마리도, 나침반도 없이 발걸음을 떼려는데 어디선가 모래폭풍이 불어와 모든 방향을 한꺼번에 지워버린 듯했다. 그대로 주저앉을 수도, 한 걸음을 더 내디딜 수도 없는 그런 기분이었다.

역시나 K대학에선 아무 소식이 없었다. 막막하기만 한 하루하루가 지나갔다. 크리스마스가 다가오는데 오늘은 계절에 맞지 않게 아침부터 겨울비가 추적추적 내리고 있었다. 한 해만 지나면 모교 시간강의도 끝이 날 텐데. 방학 동안 세영은 여기저기 아는 선배들에게 시간강사 자리를 부탁해 보았다. 하지만 아직 아무에게서도 연락이 없었다. 이러다 일 년 뒤엔 시간강사 자리도 없을지 모를 일이었다.

세영은 S대학의 윤준기 교수가 생각났다. 같은 동기이면서 지독히도 권위적인 윤 교수에게 전화하기가 정말 싫었다. 하지만 달리 방법이 없었다. 핸드폰을 열어 번호를 누르려 하자 어떤 보이지 않는 기(氣)로 제압하려는 듯한 그의 기묘한 얼굴 표정이 떠올랐다. 세영은 핸드폰을 닫았다. 어차피 다음주에 S대학에서 논문을 발표할 예정이니 그때 한번 부탁해봐야겠다고 마음먹었다.

11.

D시에 있는 S대학에서 학회가 열리는 날, 기차 시간에 맞추기 위해 이 교수는 아침 일찍부터 서둘렀다. 아내도 오늘 골프 라운딩이 있다며 새벽부터 옷을 고르는 등 부산을 떨었다. 몹시 추운 날이었지만 아내의 골프 사랑은 계절이 따로 없었다. 서류가방을 들고 이 교수가 안방을 나서려는데 외출준비를 끝낸 아내가 또 안절부절 어쩔 줄 몰라 했다.

"다 됐지?" 문 밖에서 이 교수를 기다리던 아내가 이 교수가 나오자마자 안방 문을 자물쇠로 잠갔다. 이건 또 무슨 일인가, 의아했지만 그냥 관심을 끊고 걸음을 옮기는데 갑자기 아내가 몸을 돌려 안방으로 달려가더니 다시 문을 열고 안으로 들어갔다. 잠시 뒤, 아내가 금고 안에 있는 달러와 통장, 그리고 패물을 잔뜩 보자기에 싸갖고 나왔다. 알고 보니 집에서 일하는 아줌마를 믿지 못해 한 행동이었다. 아내는 기어이 보자기를 한쪽 손에 꿰차고 자기 차에 올라탔다. 그러니까 저걸 골프장까지 갖고 갈 모양이었다. 골프장에선 또 그걸 어떻게 할까, 고민이 크겠다, 생각하며 이 교수는 택시에 올랐다. 우리 집에서 일을 한 지 십 년도 넘은 아줌마였다. 기가 막혀서 말이 안 나왔다. 믿을 게 물질 이외에는 아무 것도 없는 사람의 행동이었다. 아무리 생각해도 정상이 아니었다.

　기차에 올라탔는데도 불쾌함이 가시지 않았다. 더 화가
나는 것은 그 대상이 명확치 않다는 것이었다. 자기 사업
을 확대하기 위해 탄탄한 중견기업 막내딸인 아내를 들이
민 아버지가 증오스럽다가, 재계와 정계에 두루두루 연줄로
무장된 처가댁을 모른 척할 수 없었던 자기 자신이 밉기도
했다. 덕분에 국내 최고 명문대인 모교에 자리 잡을 수 있
었던 걸 부정할 수 없었다. 이제 와서 다시 생각하면 무엇
하랴. 이 교수는 기분 전환을 하고 싶어 식당 칸으로 자리
를 옮겼다.

　오늘따라 커피도 맛이 없었다. 요즘 이 교수는 학교 다
니는 맛이 확 줄었다. 특히 동년배인 양 교수 탓이 컸다.
몇 년 전에만 해도 과회의에서 조용히 앉아 있던 작자가
언젠가부터 눈에 띄게 달라졌다. 회의 때마다 사사건건 내
의견에 반대하고 나서는 건 도대체 뭐 하자는 심보인지 알
수가 없었다. 예전엔 아무 말 못하고 얌전히 있더니 요즘
내 전공 인기가 시들어졌다고 달라진 게 분명했다. 괘씸한
놈이었다. 어디가나 미국 박사들이 중요한 자리는 다 차지
하고 과 행사나 예산도 자기들 위주로만 배정한다. 비판
정신은 눈곱만큼도 없이 사회 문제를 그저 통계 수치로 처
리하는 그 천박함이라니. 오늘 아침, 학교를 떠나 있는 것
만으로도 이 교수는 해방감을 느꼈다. 게다가 오늘은 세영

이 귀국 후 처음 논문 발표를 하는 날이다.

십사 년 전, 그렇게 고대했던 모교에 처음 부임을 받고 나자 이상한 공허감이 찾아왔다. 모든 것을 다 가진 듯한 순간에 찾아왔던 나른한 결핍감, 정권이 바뀌어도 크게 달라질 수 없을 것 같은 현실의 벽과 내가 믿었던 이론의, 아니 이론 자체의 근본적 한계와 무력감, 앞만 보고 달려와 도착해 보니 왠지 이게 아닌 것만 같았던 배신감, 싸워야할 적을 놓쳐버린 듯한 낭패감이 나를 괴롭히기 시작했을 때 세영이 내 눈앞에 나타났다. 학부 때부터 유난히 눈에 띄었던 세영이 대학원에 들어와 속으로 얼마나 쾌재를 불렀는지 모른다. 하지만 석사를 마치자마자 독일로 떠나버렸을 땐 또 얼마나 허전했던지. 이제 조금 있으면 세영을 만날 것이다. 벌써부터 가슴이 두근거린다.

S대학 세미나실 앞 라운지로 학회를 막 마친 교수들이 쏟아져 나오고 있었다. 이 대학교수 윤준기가 외부에서 온 교수들을 접대하느라고 정신이 없었다. 멀리서 보면 윤 교수는 몸에 살이 붙고, 이마 양쪽 머리가 성글기 시작해 벌써 중년교수 티가 났다. 그의 몸짓과 동작엔 학회를 주최한 대학교수로서의 강한 자부심과 권위가 여유로 포장된 채 눈에 띄게 드러나 있었다. 발표를 끝낸 세영은 윤미와 나란히 윤 교수 쪽을 향해 걸어갔다. 키가 작지만 어깨가

딱 벌어진 윤 교수가 가슴을 한껏 앞으로 내밀고 당당하게 서서 조교와 대학원생들에게 지시를 내리고 있다. 교수님들을 식당으로 잘 안내하라고 다그치는 그의 말투가 몹시 위압적이다.

부산하던 라운지가 조용해졌다. 윤미가 햇살을 향해 활짝 핀 나팔꽃처럼 입을 벌리며 윤 교수 옆에 바짝 다가가 먼저 말했다.

"수고가 많네. 여기서 보니까 훨씬 멋있어 보이네. 근데 반말을 써야 할지 존댓말을 써야 할지 모르겠어…요."

"우리끼리 있을 땐 반말 쓰지 뭐. 참 세영아, 오늘 발표 잘했어. 수고했어."

윤 교수가 말을 하고 나서 세영의 어깨 위에 손을 얹으며 두 번 토닥였다. 불쾌함이 세영의 얼굴을 덮었다. 할 말이 있는 것 같은데, 아무 생각이 나지 않았다. 세영은 막 벌어지려던 입을 다물었다.

"참, 너 윤미 이번에 박사과정에 들어왔다며? 대단한데?"

윤 교수의 말투가 어느새 스승의 말투로 바뀌어 있었다.

"지방대학은 박사과정에만 들어가도 강의 준다고 하던데, 잘 부탁드립니다."

윤미가 허리를 꺾으며 공손하게 말했다. 절도 있게 고개를 짧게 끄덕이며 윤 교수가 말했다.

"알았어. 나중에 연락하자구."

이때 이호철 교수가 세 사람 곁으로 다가왔다. 아, 교수님 오셨어요. 순식간에 공손 모드로 바뀐 말투로 윤 교수가 얼른 두 손을 뻗어 이 교수의 서류 가방을 잡았다. 거의 동시에 윤미가 이 교수의 가방에 가닿았던 손을 슬그머니 뺐다.

"아니, 괜찮네."

이 교수가 사양을 하는데도 억지로 가방을 뺏어든 윤 교수가 다시 한 번 구십도 각도로 인사를 올렸다. 세영도 옆에서 인사했다.

"세영아, 오늘 발표 아주 잘했어. 오늘 세영이도 애썼고, 윤 교수도 수고가 많네."

아닙니다, 라고 말하는 윤 교수의 이마에 살짝 주름이 잡혔다. 대학원 시절 유독 세영을 예뻐하던 이 교수가 생각나 윤 교수는 불쾌했다. 이 교수가 가벼운 말투로 말했다.

"윤 교수, 시간강사 자리 있으면 다음 학기에 세영에게 한 강좌라도 좀 주지."

"아, 네에. 네, 알았습니다, 교수님. 세영아, 그럼 서류 갖고 한번 와봐."

더 없이 공손하던 윤 교수의 말투가 세영을 향해 말하는 순간, 놀랄 만큼 딱딱하게 변했다. 자기와는 다른, 세영의 현 위치를 자각하게 만드는 말투였다. 순간 세영은 어떻게 대답해야 할지 몰랐다.

"아, 그, 그렇게."

세영이 겨우 더듬거리며 말했다. 마음이 몹시 심란했다.

이때 D대학 하 교수가 네 사람 곁으로 다가왔다. 하 교수가 이 교수에게 오랜만이라며 손을 내밀며 말했다.

"이 교수님은 참 복도 많으십니다. 이렇게 미인 제자들을 두시고. 그런데 난 예쁜 여자들이 공부하는 게 이해가 안 돼요."

하 교수가 껄껄 웃으며 말하자, 옆에 있던 같은 대학의 박 교수도 한마디 했다.

"오늘 발표한 유 선생 논문, 아주 잘 들었습니다. 꽤 인상적이었습니다."

"네, 아주 우수한 제자예요. 잘 부탁합니다, 박 교수님. 세영아, 인사드려."

이 교수가 살짝 고개를 숙이며 깍듯하게 말했다. 자기보다 나이가 젊어 보이는 박 교수에게 정중하게 대하는 이 교수의 모습에 세영은 약간 얼떨떨해 하며 박 교수를 향해 공손하게 인사했다.

세영을 칭찬하는 지도교수에게서 윤미는 억누르기 힘들 만큼 섭섭함을 느꼈다. 학부 때부터 사람들이 자기만 보면 세영에 대해 물어보며 관심을 표하던 기분 나쁜 기억들이 한꺼번에 뒤엉켜 떠올랐다. 윤미는 학부 때부터 과에서 홍

이점으로 이어져 온 세영과의 인연이 지긋지긋했다.

이때 윤 교수가 멀찌감치 대기하고 서 있는 김 강사를 불렀다. 김 강사가 부리나케 달려오자 윤 교수가 이 교수에게 김 강사를 소개했다.

"교수님, 이번에 박사학위논문을 심사하실 김종서입니다."

김 강사가 머리가 땅에 닿을 정도로 인사를 했다. 윤 교수가 의미심장한 미소를 지으며 이 교수에게 말했다.

"교수님, 오늘 저희가 정말 좋은 데 모시려고 하는데. 호텔도 다 잡아놨습니다."

"걱정하지 말게. 난 저녁만 먹고 바로 올라가야 돼. 내일 아침 일찍 회의가 있어서."

"아, 그러세요? 저희가 이번에 제대로 단단히 준비했는데. 너무 섭섭하네요."

윤 교수의 작은 두 눈이 커졌다 작아졌다. 몹시 낭패를 본 듯한 표정이었다.

"그럼 다음번에 모시겠습니다, 교수님. 김 강사, 얼른 교수님 차편 알아봐야지. 교수님 기차로 가시나요, 아니면 버스로?"

"기차로 갈 생각인데. 너희들도 기차로 가지?"

"아 네, 교수님."

윤미가 얼른 대답했다.

"그럼 제가 바로 예매하고 오겠습니다."

세영이 입을 열기도 전에 김 강사가 엉덩이를 뒤로 빼며 고개 숙여 인사하곤 뒷걸음치며 물러났다.

12.

서울역 앞 광장에 이 교수의 가방을 든 윤미와 이 교수, 세영이 나란히 걸어 나왔다. 차를 주차해 놓은 윤미 남편 서홍준이 교수님을 모셔다 드리겠다고 해도 이 교수가 마다했다. 그럼 잘 가라고 말하곤 이 교수가 먼저 걸음을 옮기자 세영도 어쩔 수 없이 두 사람에게 인사하고 뒤를 따랐다.

널따란 광장은 하루의 수고를 무겁게 어깨에 걸친 채 바삐 걸음을 옮기는 사람들로 몹시 붐볐다. 두 사람은 물속을 유영하는 물고기처럼 수많은 사람들 사이를 헤쳐 나갔다. 어디선가 한 줄기 바람이 광장 안에 고인, 대낮의 대기를 흩트려 놓고 지나갔다. 갑자기 이 교수가 멈춰 서더니 세영에게 말했다.

"할 말이 있는데, 맥주 한 잔만 하고 가자."

호프집 안은 창가를 장식하고 있는 깜빡이 꼬마전구의 불빛을 빼놓고는 온통 어둑했다. 선정적 포즈를 취한 여배우 사진들이 여기저기 벽에 걸려 있고, 담배 냄새와 맥주 냄새가 뒤섞인 매캐한 냄새가 풍겼다. 구석진 창가 테이블 앞에 두 사람은 맥주잔을 놓고 마주 앉았다. 세영을 지그시 쳐다보던 이 교수가 잔을 들어 세영의 잔과 부딪혔다. 목이 타는지 맥주를 꿀꺽꿀꺽 들이키곤 잔을 내려놓았다.

스피커에서 유행이 지난 가요가 흘러나왔다. 여가수의 허스키한 목소리가 느리고 육감적인 리듬에 실려 흐느적거렸다. 이 교수의 몸과 마음이 서서히 풀려나갔다.

"이번 학기 수업 잘 했어?"

이 교수의 목소리가 부드러웠다.

"네."

이 교수는 세영의 단답형 대답이 마음에 들지 않는다.

"한번 들를 줄 알았는데."

"죄송해요. 제가 정신이 좀 없어서……."

세영이 E여자대학에 지원했던 얘기를 간략하게 전했다. 이 교수는 다음에 지원할 때는 꼭 먼저 자기한테 얘기하라고 충고했다. 세영이 고개를 가만가만 끄덕였다.

이 교수가 맥주를 한 모금 마시고 나서 명함을 내밀며 말했다.

"아까 인사했던 D대 박 교수에게 네 시간강사 자리 부탁해놨으니까, 한번 만나보지. 마침 다음 주에 서울 올 일이 있다고 했어."

"감사합니다."

자기를 위해 그런 부탁을 했다니, 세영은 속으로 놀라웠다. 성격이 유난히 깔끔한 이 교수에겐 결코 흔치 않은 일일 것이라는 생각이 들었다. 안도감과 낭패감이 묘하게 교차했다. 이 교수가 상체를 앞으로 조금 숙이더니 목소리를 낮춰 말했다.

"그 대학에서 아마 내년이나 내후년쯤 교수 한 사람 채용할 것 같아. 강의를 하고 있어야 미리 정보도 얻고 준비도 할 수 있으니까."

이 교수의 두 눈이 갈 곳을 잃고 허공을 헤매는 세영의 두 눈을 찾았다. 눈이 마주치자마자 세영이 금방 눈꺼풀을 내리며 고개를 숙였다.

이 교수는 세영의 얼굴을 자세히 보고 싶은 강렬한 열망을 느꼈다. 고문 같은 침묵이 흘렀다. 맥주잔을 찾아 고개를 든 세영이 이 교수를 슬쩍 쳐다보았다. 세영의 까만 눈망울이 한껏 벌어진 채 꼬마전구의 알록달록한 불빛을 반사하고 있었다. 이 교수는 세영의 눈빛을 뜨거운 시선으로 받아 안았다. 세영이 그 메시지를 무시하고 금방 눈길을 내려버린다. 이 교수의 가슴 한편에 찬바람이 쌩, 지나갔다. 그래도 꼬마전구의 명멸하는 불빛에 감싸인 세영의 얼굴선이 여전히 고혹적이다. 이 교수의 가슴이 희망과 절망으로 정신없이 깜빡였다.

어느새 세영의 이마에 희미하게 주름이 잡히고, 입가도 야무지게 닫혀버렸다. 세영의 기분이 좋지 않다는 신호다. 이 교수의 마음이 조금씩 조여 온다. 이 교수가 어색한 듯 급한 동작으로 손을 내밀어 맥주잔을 부여잡은 세영의 두 손을 감쌌다. 세영이 슬며시 손을 빼냈다. 이 교수가 참았던 숨을 토해내듯 말했다.

"세영아, 넌 그동안 나 안 보고 싶었니?"

"……."

이 교수는 아무리 해도 세영의 마음이, 세영의 태도가 이해되지 않는다. 나 같은 남자를 거부할 수 있다는 게 있을 수 있는 일인가. 세영의 눈 밑 근육에 살짝 경련이 일어난다. 어두운 불빛 탓에 고개 숙인 세영의 얼굴 아랫부분만 드러난다.

"네가 석사논문 마치자마자 독일로 가버려서 내가 얼마나 실망했는지 몰라……."

이 교수는 미동도 없이 돌부처럼 앉아 있는 세영이 야속하다. 자기가 어쩌다 이렇게 저자세가 되었는지 모르겠다는 생각이 들었다.

"널 만나러 일부러 독일에까지 갔는데 널 못 봐서 내가 얼마나……."

세영의 입이 연꽃 봉오리 벌어지듯 열리는 듯하더니 이내 안으로 숨을 삼키고 만다. 죄인이라도 되는 양 세영의 고개가 더 밑으로 숙여진다. 왜 그래, 세영아, 너 도대체 왜 그래. 이 교수는 터져 나오려는 말을 삼켰다.

"내가 너한테 느끼는 이 감정은 나도 난생 처음 느껴보는 거라……."

그동안 보지 못했던 세영의 미간 주름이 세로로 잡혔다.

깊은 고민에 빠진 듯했다. 두 사람 모두에게 힘겨운 시간이 흘렀다. 이 교수가 맥주를 한 병 더 시키려는데, 세영이 고개를 들었다. 이 교수를 정면으로 쳐다보며 말했다.

"교수님, 전 교수님을 존경해요. 제자로서요."

세영이 말을 멈추었다. 이 교수는 세영이 더 이상 아무 말도 하지 않아 주기를 바랐다.

"그날은 제가 실수했어요, 죄송합니다."

이 교수는 극심한 허기를 느꼈다. 체온마저 뚝 떨어지는 것 같았다. 무표정하게 다시 입을 여는 세영의 얼굴이 너무 잔인하게 보였다.

"저 오늘 발표했더니 너무 피곤하네요. 박 교수님은 꼭 찾아뵙겠습니다. 여러모로 감사합니다. 이제 그만 일어나시죠."

"너 정말 나한테……."

세영과 헤어져 집으로 향하면서 이 교수는 말할 수 없이 불쾌한 감정에 시달렸다. 학부 시절 세영이 보여주었던, 나긋나긋한 공손함과 존경의 염이 이제 그녀에게서 완전히 사라져 버렸음을 인정하지 않을 수 없었다. 모교에서의 첫 강의가 끝나고 나왔을 때 복도에서 우연히 세영이 윤미와 하는 얘기를 뒤에서 듣고 가슴이 부풀어 올랐던 기억도, 수많은 학생들 중에서 자꾸 눈길이 가던 유난히 반짝이던 검은 눈동자도, 학교 마을버스 정거장에서 우연히 마주친, 녹색 바바리 코트를 입은 세영의 환한 미소도, 야외 공연장에서 대학원 입학 축하 술판을 벌리던 날 세영이 부르던 청아한 노랫소리도, 그리고 그날 밤 세영을 차에 태워 데려다주면서 자석에 이끌리듯 맞닿았던 매혹적인 그 입맞춤도, 모두 다 먼지처럼 사라져 버린 것이다. 아, 아아아. 저절로 신음소리가 비어져 나왔다. 사지를 흠씬 두들겨 맞는 듯한 고통이 전신을 누비며 지나갔다. 에이 씨, 이 교수는 발부리에 채이는 돌멩이를 발로 걷어찼다. 발가락에 통증이 전해졌다. 차라리 속이 시원했다.

이 교수는 무작정 걸음을 옮겼다. 어느 샌가 거리엔 사람들과 차량이 현저히 줄어들었다. 이 교수는 어떤 영감에 사로잡힌 듯 걸음을 멈추고 그 자리에 붙들려 섰다. 지금 이 순간, 세영을 향한 자기 마음을 거두기 힘들다는 것을 또렷이 느꼈다. 이 교수는 절망했다.

세영은 버스에서 내려 집을 향해 걸었다. 겨울 특유의 날선 바람이 좁은 골목길을 내달렸다. 뇌리를 가득 채웠던 짙은 안개가 점차 걷히고 있었다. 이제 의식이 제 궤도를 찾은 듯했다. 세영은 그동안 이 교수의 존재를 자기 머릿속에서 완전히 도려내려 노력해왔다. 악몽 같은 인연이었다. 그런데 또다시 이 인연이 이어질 수밖에 없다니, 진저리가 쳐졌다. 대부분 연줄로 교수가 되는 한국 사회에서 이 교수밖에 기댈 수 없는 자기의 처지가 소름끼치게 뚜렷이 의식됐다. 세영은 D대학이라는 새로운 가능성이 주어져 천만다행이라고 느끼면서 동시에 자기의 삶이, 자기의 앞날이 다시 이 교수와 연루된다는 사실 앞에서 절망했다. 자기가 노력해서 할 수 없는, 자기 스스로의 힘에 의해 되지 않는 무언가가 있다니, 몸과 마음이 무력감에 휘청거렸다. 정말 열심히 살았는데 왜, 무엇 때문에 이런 상태에 오게 되었는지 이해가 안 됐다. 차라리 다리가 없으면 의족을 하면 되고, 진흙탕에 빠졌으면 기어서라도 나올 수 있을 텐데. 이건 아무리 열심히 움직여도 빠져나올 수 없는 늪에 빠진 기분이었다.

온 세상을 뒤집어 엎어버리려는 듯 회오리바람이 일었다. 거친 바람이 회초리 되어 세영의 얼굴을 찰싹찰싹 마구 때린다. 차라리 마음이 후련하다. 이 세찬 바람이 소용돌이 되어 자기를 어디 다른 곳으로 멀리 데리고 가주었으면 싶다. 이렇게 몸과 마음이 꼼짝달싹 할 수 없게 결박당하지 않은 곳이라면 지구 끝 어디라도 가서 살 수 있으련만.

아파트 동네 놀이터가 나왔다. 세영은 기진맥진한 상태에서 그네 위에 걸터앉았다. 잠시 상체를 뒤로 젖힌 채 숨을 몰아쉬었다. 바람이 머리카락과 목 주위를 마구 때리고 지나갔다. 멍하니 앉아 있는데, 학부 시절이 생각났다. 그 시절, 교탁 위에서 열강을 토하던 젊은 이 교수의 학식과 권위를 잠시나마 흠모했었다. 아마 대학원 개강파티가 끝나고 이 교수의 키스를 받아들인 것도 그 연장선상에 있을 것이다. 참 오랫동안 스스로 인정하지 않으려 했던 자기의 허영심 앞에서 세영은 부르르 몸을 떨었다. 하지만 석사학위 논문을 준비하는 과정에서 이 교수의 접근이 조금씩 부담스러웠고, 결국 유학을 가기로 결정했었다. 그리고 이년 뒤, 정말 재수 없게도 운명의 그날을 맞이하고 말았다. 하지만 그와의 악연을 이제 더 이상 그냥 놔둘 수는 없는 일이다.

'그래, 이게 마지막이다. D대에 출강을 하되, 그 다음은 내 힘으로 가는 거다.'

세영은 끌과 망치로 바위에 새기듯 한 문장 한 문장을 가슴에 새겼다.

세영이 집에 돌아오니 수지는 이미 잠들어 있었다. 세영은 옷도 벗지 않은 채 잠자고 있는 수지 옆에 다가가 살며시 몸을 누였다. 한참동안 조그만 가슴이 올라갔다 내려갔다 하며, 사르륵 사르륵 숨을 내쉬는 수지의 모습을 그저 보고만 있었다. 갑자기 속에서 뭔가가 울컥했다.

"엄마, 왜 울어?"

수지가 살며시 눈꺼풀을 올리더니 몽롱한 눈빛으로 말했다.

"응, 네가 너무 예뻐서."

"아빠 때문에?"

"아, 아니."

"난 아빠 없어도 되는데, 다들 왜 난린지 모르겠어."

입을 다문 수지의 볼 양쪽에 보조개가 피어났다 사라졌다. 수지의 눈동자 위를 가지런히 올라간 속눈썹이 스르르 내려왔다.

세영은 자기 방에 들어와 침대 위에 누워 눈을 감았다. 오랫동안 잊고 살아왔던 그날이 가슴을 후비며 기억 저편에서 또렷하게 되살아났다.

운명의 그날, 세영은 베를린 U대학 도서관에서 새로 부임한 여자 사서와 간신히 의사소통에 성공하고 책을 빌렸다. 책을 보고 있는데 금방 점심시간이 되었다. 간단히 점심을 때우러 카페테리아에 들어갔는데, 그날따라 이상하게 카페테리아에 아는 얼굴이 하나도 없었다. 주위의 독일 학생들은 무엇이 그리 즐거운지 자기들끼리 웃고 떠들고 거침이 없는데, 자기만 혼자 미운 오리새끼마냥 한쪽 구석에서 맛도 없는 빵을 뜯고 있자니, 뜨거운 국물이 있는 국이나 찌개가 미칠 듯 그리웠다. 지금 이 순간 비행기를 타고 집에 가서 식구들하고 딱 한 끼만 맛있게 먹고 그대로 비행기를 타고 왔으면 원이 없을 것 같았다.

식사를 마치고 책상 앞에 앉았는데, 속이 안 좋은데다 온몸에 한기가 돌기 시작했다. 그래도 인내심을 발휘해 몇 시간을 버텨냈다. 고개를 들어 창밖을 보자 어느새 세상이 어둑어둑했다. 이때 저쪽에서 환한 미소를 지으며 한 사람이 자기를 향해 다가오고 있었다. 자기 눈을 의심했지만, 틀림없이 이호철 교수였다. 너무 놀라 입을 다물지 못하고 있는데, 이 교수가 밥이나 먹으러 가자고 했다. 그 순간 세영에게 이 교수는 꼭 구세주 같았다.

그날 세영은 학교 근처에 있는 코리언 레스토랑에 처음 들어가 봤다. 가격이 너무 비싸 감히 들어가 보지 못한 곳이었다. 단아한 분위기의 그리 크지 않은 레스토랑 안엔 단골로 보이는 독일인 몇몇이 테이블에 앉아 이미 식사를 하고 있었다. 세영은 오랜만에 고향의 냄새를 흠씬 들이켰다. 이 교수가 시켜준 불고기와 김치찌개는 눈물이 날 만큼 맛있었다. 국제 세미나 개최 문제도 있고, 이런저런 볼일이 있어 왔는데 세영이 생각나서 도서관에 한번 들러보았다고 이 교수가 말했다. 세영의 마음을 십분 이해한다는 표정으로 이 교수가 불고기를 이리저리 뒤집으며 구워 세영의 밥 위에 올려놔 주었다. 세영이 독일에 와서 이렇게 맛있게 식사를 해본 건 처음이었다. 김치찌개가 몸 안으로 들어가니까 침울하게 가라앉았던 기분이 말끔히 사라졌다.

식사를 마친 후 세영은 이 교수를 따라 캠퍼스 근처에

있는 와인 바에 갔다. 먼 타국에서 낯익은 지인과 함께 마시는 와인에 그날 세영은 금방 취기가 돌았다. 늘 이유 없이 죄인처럼 주눅이 잔뜩 들어 살아왔던 가슴이 쫙 펴지는 듯했다. 갑자기 베를린이라는 도시가 편하고 다정하게 느껴지기까지 했다. 그리고 이상하게 석사학위를 밟는 과정에서 느꼈던 이 교수에 대한 경계심이 사라지고, 대학교 2학년 때 처음 수업을 들었을 때 가졌던, 신선하고 존경스러웠던 이미지가 되살아났다. 세영은 지치고 외로운 유학시절을 보상받기라도 하듯 앞에 앉아 있는 사람에게서 살가운 사람 냄새를 힘껏 들이마셨다. 그리고 그 다음은 세영의 필름이 끊겨 버렸다.

13.

    지난 주말, 세영은 호남고속버스터미널 안 커피숍에서 D
대학 박 교수를 만났다. 체구가 크고 뽀얀 피부에 혈색이
불그스름한, 사십대 중반의 박 교수의 인상이 무척이나 밝
았다. 박 교수는 세영을 보자마자 자리에서 일어나 반갑다
며 손을 내밀었다. 너털웃음을 지으며 시간 강의를 부탁한
다고 말하는 박 교수에게 세영이 제가 더 감사하죠, 라고
깍듯하게 말했다.

    "아닙니다. 이호철 교수가 아주 아끼는 제자시던데, 이렇
게 훌륭한 분을 먼 곳까지 내려오시게 해서 제가 오히려
고맙죠."

    말을 하는 내내 박 교수의 얼굴엔 미소가 떠나지 않았
다. 방학 중에 아무 때나 필요한 서류를 갖고 한번 내려오
라고 말하고 입을 다문 박 교수의 입꼬리가 가만히 있어도
살짝 올라가 있다. 사람이 꽤 선량해 보인다. 세영은 한 시
름 놓았다.

    새벽 일찍 세영은 민우를 서울역 앞에서 만났다. 며칠
전, 커피숍에서 박 교수 얘기를 꺼냈더니, 여행도 할 겸 자
기도 같이 D대에 내려가면 안 되겠냐고 민우가 제안을 했
다. 세영이 망설였지만 민우가 강하게 밀어붙였다. 세영이

청바지에 앙증맞은 브림이 달려 있는 뉴스보이캡 모자를 쓰고 나타났다. 평소와 달리 스포티하고 상큼한 분위기를 연출한 세영을 보자 민우의 가슴이 한 뼘 더 부풀어 올랐다. 머뭇거릴 시간이 없었다. 민우가 세영의 손을 잡고 뛰다시피 기차로 향했다. 희뿌연 안개 속, 차가운 새벽바람이 둘의 얼굴을 마사지하듯 두들기며 지나갔다.

기차에 자리를 잡자마자 두 사람은 둘 다 식전인 걸 확인하고 식당 칸으로 갔다. 이른 시각이라 식당 칸엔 사람이 별로 없었다. 차창 밖으로 하얀 눈에 덮인 겨울 산하가 펼쳐져 있었다. 찬란한 겨울 햇살이 세상을 뒤덮던 칙칙한 커튼을 걷어올리자, 겨울나무들이 속살이 비치는 하얀 드레스를 걸친 채 말없이 스쳐 지나갔다. 겨울 아침에만 느낄 수 있는, 신성할 정도로 청신한 풍광이었다. 식사를 주문한 민우가 세영을 보며 말했다. 목소리가 공기를 튕겨내듯 힘찼다.

"새벽 일찍부터 나왔는데 피곤하진 않으세요?"

"아니, 전혀요. 오히려 더 상쾌하네요. 저 때문에 일찍 일어나셨죠?"

"아니에요. 덕분에 이렇게 좋은 여행을 하네요. 얼마만인지 모르겠어요, 한국 기차 여행이."

아침 식사를 끝낸 세영이 커피를 마시며 물었다.

"요즘 사업은 좀 어떠세요?"

"덕분에 그런대로 괜찮은 편이에요. 다행이죠."

"돈도 벌고 책도 읽을 수 있고, 좋은 직업 같아요."

세영이 말하자 민우가 포크를 내려놓더니 정색을 하고 나지막이 말했다.

"돈은 제 목표가 아니에요."

"그래도 사업이란 게 돈을 벌기 위한 거 아닌가요?"

민우의 얼굴이 더 굳어졌다.

"물론 돈은 꼭 필요하죠. 하지만 전 돈을 배에 낀 지방 같은 거라고 생각해요."

"……"

"춥고 배고픈 날을 위해 배에 적당히 기름이 껴 있어야 하지만, 너무 많으면 그게 또 문제가 되죠. 우리의 날렵한 행동을 방해하고 게으르고 뒤뚱거리게 만드니까요."

"재밌는 비유네요. 음, 버지니아 울프가 생각나요. 생존에 필요한 만큼의 돈만 벌어야 한다고 역설했잖아요. 타인에게 의존하지 않고 자기의 정신과 육체를 발전시켜 나가는데 필요한 최소한의."

"맞아요, 비슷하죠. 그런데 제가 얘기하는 건 버지니아 울프가 말한 것보다 조금은 더 여유 있는 거예요. 음, 하기 싫은 일은 안 해도 되고, 여행도 할 수 있을 정도의 돈."

"어머, 그럼 그건 작은 게 아니죠."

세영의 입가가 미소로 벙긋 벌어졌다. 햇살을 비껴 안아 투명해진 피부에 미소가 해사했다.

"그런가요?"

살짝 찌푸려진 민우의 눈썹이 펴지면서 시원한 웃음이 터져 나왔다.

한 손으로 턱을 괴고 말없이 창밖을 내다보던 세영이 시선을 밖으로 고정한 채 말했다.

"유학을 떠날 땐 포부가 컸는데…… 우리 사회에 기여할 수 있는 확실한 무언가를 가지고 오겠다는. 그런데 지금은 그런 마음이 별로 남아 있지 않아요. 지금은 그저 교수가 빨리 됐으면 하는 마음만……."

말꼬리를 흐리는 세영의 눈동자의 초점이 흩어졌다.

"꼭 그렇게 생각하실 거 없습니다. 교수가 되고 나면 다시 열정이 살아나지 않을까요?"

"그럴까요?…… 정말 그랬으면 좋겠어요."

고개를 갸우뚱하며 민우를 쳐다보는 세영의 눈빛이 강렬하게 번뜩이다 무언가를 호소하는 듯 흔들린다. 민우의 심장이 움찔하면서 가슴이 거칠게 출렁인다. 민우는 세영과 이렇게 함께 하는 시간이 너무 좋다.

두 사람은 아무 말 없이 커피를 마셨다. 세영이 시선을 차창 밖 머나먼 산들을 향해 던졌다. 고개를 갸우뚱 돌린 채 창밖을 쳐다보는 세영의 얼굴이 깊은 산 연못처럼 맑았다. 민우는 마음 놓고 세영의 오롯이 순연한 얼굴을, 사념에 잠긴 듯 고요한 눈빛을 쳐다보았다.

한 순간 세영의 흑단 빛 홍채가 선명해졌다. 세영이 혼
잣말을 하듯 말했다.

"생각해 보면 내 속에는 늘 서로 다른 방향의 것들이 동
시에 섞여 있어요. 좀 더 합리적이고 정의로운 사회에 대
한 갈망과 좀 더 강한, 디오니소스적인 자아에 대한 갈망
이. 그러니까 사회에 대해서는 민주주의적인 체제를 강하게
원하면서 한 인간에 대해서는 귀족주의적인 태도를 취한다
고 할까요. 니체는 약자에 대한 연민을 증오하고 초인을
부르짖지만, 전 니체의 초인에 대해 공감하면서도 약자에
대한 연민을 부정하는 니체를 받아들이긴 어려워요."

민우의 양 미간이 벌어지면서 입가에 미소가 머문다. 마
치 자기 마음속에 있는 것들을 세영이 명쾌하게 정리해 주
는 것 같은 기분이 든다.

"공감합니다. 어찌 보면 내가 고시를 그만둔 건 끝없는
경쟁에 내몰리기 싫어서이기도 하지만, 약자 위에 군림하고
판단하고 재단하기보다는 약자의 마음을, 아니 인간의 마음
을 좀 더 깊이 이해하고 헤아리고 싶기 때문이에요. 한 인
간을 지배하는 요인이 너무 많잖아요. 그런 요인들을 다
도외시하고 한 개인에게만 모든 책임을 지워야 하는 부당
함이 저에겐 너무 큰 심리적 부담을 주더라고요. 인간은
누구나 다 궁극적으로 약자예요. 법률적 잣대는 약자를 판

단하기에는 너무 거칠게 느껴져요. 적어도 제게는."

세영의 시선이 민우의 얼굴에 오랫동안 머물렀다.

어떻게 저렇게 여리고 따뜻한 내면을 가진 남자가 있을까, 세영은 속으로 무척 놀랐다. 새로운 문화적 충격이라도 받은 느낌이었다. 물론 성공에 실패한 남자의 자기 합리화일 수도 있겠지만, 세영에겐 그가 절대 무능한 사람으로 보이지는 않았다.

세영의 마음속에 파문이 일었다. 세영은 잠시 그 파문의 독특한 물결과 향기를 말없이 음미했다.

기차에서 내려 택시를 타고 도착한 D대 캠퍼스 안은 사람이 없는 것처럼 고요했다. 중앙도로 양가에 늘어선 우람한 잿빛 나무들은 잎새를 다 떨군 채 죽은 듯 서있었다. 이어 물이 꽝꽝 얼어붙은 연못이 나왔다. 벚나무가 주위를 빙 둘러싼 연못 한복판엔 아담하고 고풍스러운 이층 정자가 있었다. 세영은 머릿속에서 이 풍광에 한여름의 화려한 색채를 입혀 보았다. 학생들로부터 가장 사랑받는 곳이 아니었을까 싶었다. 이곳에 민우를 남겨놓고 빠른 걸음으로 사회학과 사무실을 찾았다. 조교에게 서류를 제출하고 물어봤더니 박 교수님은 오늘 일이 있어서 학교에 나오시지 않았다고 했다. 세영은 간단히 전화로 안부를 전했다. 그리고 민우와 함께 캠퍼스를 좀 더 둘러보고 역 근처에서 점심을 먹은 뒤 기차에 다시 올랐다.

서울역에 도착하니 어느새 세상이 어둑했다. 민우는 세영이 말려도 듣지 않고 택시를 함께 탔다. 세영의 아파트 근처에서 내리자 이번엔 저녁을 먹고 들어가라며 세영을 붙잡았다. 두 사람은 근처 레스토랑에 들어갔다. 와인이 들어가자 민우의 가슴이 갓 구운 빵처럼 따뜻하게 부풀어 올랐다.

"독일에서 힘들 땐 어떻게 하셨어요?"

"초창기엔 탱고를 배웠어요. 나중엔 시간이 없어 주로 음악을 들었고요. 음악이 굉장히 많이 도움을 주었어요."

"춤을요?"

"네, 탱고요. 팔과 다리를 위아래로 쭉 뻗을 땐 기운이 막 솟아나요. 때론 심장이 찌릿할 정도로. 삶의 근원적인 약동감, 원초적 색정(色情)이 치솟는 거죠."

"와우. 멋져요. 언제 한 번 꼭 보고 싶네요."

"지금은 다 잊어버렸어요."

"음악은?"

"으음, 글쎄요. 아, 제일 저에게 도움을 준 음악은 벨리니의 오페라 「노르마」에 나오는 '정결한 여신'이에요. 우리나라에는 잘 안 알려져 있지만, 이탈리아 사람들이 베르디 못지않게 사랑하는 작곡가가 벨리니예요. 벨리니가 자기 배가 바다에 빠진다면, 모든 것을 다 잃어버린다 해도 「노르마」하나만은 건지고 싶다고 말했을 정도로 사랑했어요. 정말 벨칸토 창법의 정수를 다 보여주죠. 원래 벨리니 오페라의 특징은 단순하고 순수한 선율의 아름다움이지만, 여기에서는 멜로디도 복잡하고 어려운 장식적인 기교를 썼어요. 아마 단순한 것만으로는 이 세상의 어쩔 수 없는 갈등과 절망을 표현할 수 없어서 그랬나 봐요."

"꼭 한 번 들어봐야겠네요."

세영이 미소를 지으며 고개를 끄덕인다. 민우는 세영이 열중하면서 말을 쏟아낼 때 까만 눈동자에서 쏟아져 나오는 섬광이 아름답다고 느꼈다. 민우의 혈관 피가 속도를 내며 거칠게 치달린다. 민우는 마음을 진정시키고 싶다.

"전 행운아예요. 세영 씨 같은 사람을 만났으니. 전 사실 여자에 대해 마음을 비웠었거든요."

"……."

"미안해요. 이렇게 얘기해서. 하지만 내가 만난 여자들은, 아니 여자는 결국 너무 물질적이었어요."

민우가 남은 잔을 비우고 자기 잔에 와인을 따른다. 와인을 목구멍으로 넘기며 바라본 세영의 얼굴 모습이 선명하게 들어와 박힌다. 갸름한 턱선과 반듯한 이목구비가, 유난히 반짝이는 흑단 색 눈동자. 불현듯 수지의 얼굴이 떠오른다. 누군지도 모르는 그 남자에 대한 맹렬한 질투가 치솟는다. 묻고 싶지만 영원히 물을 수 없을지도 모른다고 생각하자 가슴이 답답하다. 민우는 힘겹게 이런 생각들을 물리친다. 갑자기 자기가 쓰고 있는 글에 대해 말하고 싶은 강렬한 욕망을 느낀다. 그러나 가까운 사람에게 기대감을 갖게 하는 것이 자기에게 얼마나 큰 부담을 주는지를 잘 알고 있다. 민우는 나오려는 말을 목구멍 안으로 밀어넣었다. 그저 말없이 세영의 잔에 와인을 따라주었다.

갑자기 세영의 눈망울이 즐거운 기대감에 차 반짝거렸다. 동시에 안에 전구가 켜지기라도 한 듯 세영의 얼굴이 환해졌다. 평소에 시선을 주는 데 인색한 세영이 민우의 두 눈을 똑바로 쳐다보았다. 민우는 세영의 흰자위가 하얗다 못해 약간 푸르다는 것과 까만 눈동자가 유난히 크다는 것을 처음 발견한다. 그리고 그것이 바로 세영의 인상이 강렬했던 이유였다는 것을 새삼 깨닫는다.

세영의 입술이 연꽃 잎 벌어지듯 열렸다.

"니체의 강함은 동정이나 연민을 꾸짖는 강함이지만, 모성애적 강함은 동정이나 연민에서 출발하는 강함이에요. 그래요, 남성적 강함은 루소적인 의미의 민주주의 이상과 융합하기 어렵지만, 모성애적 강함은 그것과 잘 합치할 수 있어요.…… 모성적 강함에 대해 논문을 써야겠어요. 문제는 지금까지의 모성애가 일반적으로 너무 사적인 관계에 머무르는 것이겠지만, 그것만 극복하면 모성애가 갖고 있는 인간에 대한 연민은 충분히 살릴 수 있다고 봐요. 근대의 민주주의가 형식적 민주주의이고, 탈현대의 민주주의가 개개인의 다양성을 배려하는 실질적 민주주의를 지향한다면, 모성적 배려야말로 실질적 민주주의와 궁합이 딱 맞을 것 같네요."

세영이 혼잣말을 하듯 말하고 나더니 씽긋 미소를 짓는다.

"멋진데요. 그런데 모성애가 가족 이기주의를 벗어나는 문제가 결코 만만치는 않아 보입니다."

"그래요. 하지만 현대에는 점점 고등교육을 받은 여성들의 다양한 사회 활동 경험이 늘어나고 있고, 그런 과정에서 여성들도 남성적 윤리인 보편적 정의나 공평성의 의식을 개발시켜 나가게 되지 않을까요? 물론 아직까지 현실에서는 때로 성공지향적인 여성이 오히려 더 이기주의적 성향을 보이기도 하고, 워킹맘이 다 공평성의 윤리를 보여주지 않는 경우가 많긴 하지만요."

"하지만 모든 인간에게 과연 모성성을 요구할 수 있을까요? 인간이 그렇게까지 훌륭한 존재일 수 있을까요, 과연?"

민우는 지금 세영이 자기 말을 잘 듣고 있지 않다는 걸 알았다. 할 수 없었다. 아니, 상관없었다. 그렇다고 기분 나쁜 것도 아니었다. 아니, 오히려 그 반대였다. 세영이 여전히 자기 생각에 골몰한 표정으로 입을 열었다.

"물론 모성애적 배려가 일방적인 희생을 의미하면 안 되죠. 모성애적 배려는 기본적으로 타자를 타자의 행복과 발전의 관점에서 돌보는 것이지만, 이것이 자기를 희생하는 걸 의미하는 건 아니에요. 결국 자기에 대한 배려와 타자에 대한 배려가 균형을 이루는 것이 중요하겠죠."

세영이 급하게 말을 마쳤다. 말을 마치자마자 물을 한 모금 들이켰다. 민우는 오랜만에 자기에게 만족한 듯 빛나는 세영의 얼굴을 숨죽여 바라보았다.

14.

 손님이 없는 오전 시간, 민우는 아메리카노 한 잔을 앞
에 놓고 앉았다. 커피숍은 다행히 지금까지 그럭저럭 잘
운영되는 편이다. 그런데 글 쓰는 작업이 제대로 진척되지
못했다. 이래가지고서야 과연 목표를 달성할 수 있을지 회
의가 들었다. 그동안 너무 바빴다. 너무 많은 일들이 꼬리
에 꼬리를 물고 이어졌다.

 어렸을 때 일어난 일이라 자세히는 모르지만 아버지의
말에 따르면 조그만 건설업체를 운영했던 할아버지가 돌아
가시면서 큰아버지가 그 사업체를 인수하게 되고, 아버지는
할아버지 회사에 빚이 있었던 벽돌공장을 이어받게 되었다
고 한다. 그 후 큰 굴곡 없이 착실하게 운영해 오던 아버
지 공장과 달리 큰아버지 회사는 공격적 경영으로 여러 번
부침이 있었고 그럴 때마다 아버지가 큰아버지 회사를 힘
껏 도와준 걸로 알고 있다. 그런데 IMF 직전, 모회사의 대
형 사옥 공사를 맡게 돼 이미 벽돌을 엄청 찍어낸 아버지
공장은 그 회사가 부도가 나는 바람에 부도의 위기에 빠지
게 됐다.

 민우는 지금도 그날을 잊지 못한다. 1998년 말 대기가
꽁꽁 얼어붙은 어느 날 아침, 은행 금리가 25%까지 치솟아
밤새 잠을 이루지 못하던 아버지가 나를 데리고 큰아버지

댁을 찾아갔다. 아버진 아들을 앞세우면 완고한 큰아버지의 마음을 돌릴 수 있으리라 생각했던 것 같다. 하지만 큰아버진 그날 하루 종일 당신 집에 들어오질 않았다. 그리고 끝까지 아버질 만나 주지 않았다. 설상가상으로 동업을 하던 친구마저 자기 몫을 챙겨 달아나 버리자 결국 아버지는 부도에 내몰리고, 기어이 병석에 드러눕고 말았다. 놀랍게도 큰아버지 건설회사는 그때부터 규모를 조금씩 넓혀나가더니, 지금은 꽤 이름 있는 중견 건설회사로 자리 잡았다. 그때 후유증으로 엄마는 화병을 얻었다.

한편, 법 앞에서 진저리를 치던 아버지의 권유로 법대에 들어가게 된 나는 첫 해를 허송세월하고 이학년이 되자 친구 소개로 다혜를 만났다. 그리고 졸업을 하자마자 본격적으로 고시공부에 매진해 세 번 만에 사법고시 1차에 겨우 붙었지만 2차를 연이어 두 번이나 떨어졌다. 늘 문학에 대한 열망을 가지고 있었던 나는 고민 끝에 어려운 결단을 내렸다. 부모 몰래 고시공부를 포기하고 혼자 글을 쓰기 시작한 것이다. 그런데 고시공부를 할 땐 한 달에 한 번 정도만 만나도 아무렇지 않아 하던 다혜가 고시를 포기하자 차츰 멀리하더니 기어이 이별을 통보해왔다. 그리고 설상가상으로 그 해에 아버지가 돌아가셨다.

당시 나는 마치 이 세상이 나를 버린 것 같았다. 그리고 겨우 정신을 차려보니 내 옆엔 심적 충격으로 병색이 짙어진 엄마가 있을 뿐이었다.

정신없이 장례를 치르고 아버지가 재기하려다 실패한 공장 부도 처리를 하면서 나 자신과 약속을 했다. 반드시 일어서리라고. 비록 고시에는 실패했지만, 돌아가신 아버지 앞에 조금도 부끄럽지 않은 자식으로, 엄마에겐 믿음직한 아들로 살아가리라 다짐했다. 또 큰아버지 식구들에게 내가 결코 인생의 패배자가 아님을 증명해내야 한다고 결심했다. 그런데 아무리 생각해도 작가로 생계를 해결하는 건 쉽지 않을 것 같았다. 무엇을 해서든 먼저 밥벌이를 해결하고 작가로 등단하겠다고 결론 내렸다. 결국 커피숍 사업을 최종적으로 선택했다. 당시엔 이 선택만이 그 모든 상황에 좌절하지 않고 의연하게 대처해 나갈 수 있는 유일한 방법이었다.

공장 일을 정리하고 유럽 탐방에 나선 뒤, 커피숍 사업을 진행해 오느라 삼 년이 또 훌쩍 지나갔다. 이제 글 쓰는 일에 본격적으로 매진해야 할 때가 됐다. 이 가을이 지나면 곧 신춘문예의 시기가 돌아온다. 벌써 몇 번째 도전인지 몰랐다. 자꾸 나 자신을 신뢰할 수가 없어진다. 마음 같아선 어디 여행이라도 한번 다녀오고 싶지만, 커피숍을 마냥 후배에게 맡길 수만도 없는 노릇이라 마음을 접었다. 세영을 만나면 꼭 내 마음을 털어놓거나 들킬 것 같아 요즘 거리를 두고 있다. 이제 더 이상 이런 생활 방식으론

안 될 것 같다. 무언가 결단이 필요하다.

처음 다혜를 소개받았을 때 민우는 그녀의 풍만한 몸매와 세련된 감각, 톡톡 튀는 개성에 금세 빠져들었었다. 하지만 그 후, 그녀의 물질적인 허영심과 얄팍한 심성, 구제불능의 속물근성에 얼마나 많이 고통을 받아왔는지 모른다. 과연 여성과 진정한 정신적 교류가 가능할까, 의심스러웠다. 그런데 세영은 기대 그 이상의 여자였다. 평생 그런 여자와 영혼을 나누며 살 수 있다면 여한이 없을 듯했다. 하지만 지금은 아니었다. 그 문제는 먼저 나 자신과의 약속을 이행하고 나서 생각할 문제였다.

하루는 민우가 오랜만에 서점 문을 열고 들어가자 세영과 수지가 그곳에 있었다. 요즘 연락이 뜸했던 세영이라 반가우면서도 왠지 모를 어색함을 감추기가 어려웠다. 반짝 불이 켜졌던 세영의 눈빛도 금새 불이 꺼진 듯했다. 처음 대면하는 수지의 얼굴은 더 낯설었다. 영민하게 생긴 수지가 카랑카랑한 목소리로 민우에게 깍듯이 인사를 했다. 민우는 서점에 들른 이유도 잊은 채 두 모녀에게 커피숍에 함께 가자고 권했다. 옆에 있던 세영 아빠까지 나서서 망설이는 세영의 등을 떠밀었다.

커피숍에 가자마자 민우는 카페라떼와 녹차라떼에 허니브레드, 머핀, 스콘, 베이글을 몽땅 쟁반에 받쳐 내왔다. 세영이 조심스레 수지의 표정을 살폈다. 고맙습니다, 인사하곤 수지가 부지런히 손을 놀리며 빵을 먹는다. 세영이 책을 펼치자, 수지도 따라 동화책을 펼친다. 그럼, 좋은 시간 가지세요. 민우는 자리에서 일어나 조용히 카운터로 갔다.

잠시 책을 보던 민우가 고개를 들어 세영과 수지를 쳐다보았다. 두 사람이 크기가 다른 데칼코마니처럼 책을 편 채 고개를 숙이고 있는 모습이 아름답다. 입가가 벌어지면서 동시에 가슴 한 켠이 쑤석거렸다. 민우는 더 이상 참기 어려워 자리에서 일어나 두 사람에게로 다가왔다. 수지를 쳐다보며 조심스럽게 말을 걸었다.

"오늘 내가 저녁을 사고 싶은데."

"죄송한데요, 집에 가서 할 일이 좀 많아서요."

수지가 맹랑하게, 그러면서도 예의바르게 사양을 한다. 뭐라고 말을 못하고 얼떨떨해하는 민우를 쳐다보며 수지가 딱 부러지게 말했다.

"말씀 고맙습니다. 엄마, 이제 그만 가요."

세영이 웃음을 참는 듯하다. 마치 저 조그만 머리 어디에서 지나친 환대를 거부할 줄 아는 지혜가 숨어있나, 하는 표정이다. 세영과 제대로 얘기를 못 나눠 섭섭하고 답답했지만 어쩌면 차라리 잘 된 일인지도 모른다. 세영이 어깨를 한번 으쓱하고 수지와 함께 커피숍을 나간다. 민우의 마음 한 구석이 가을바람에 일렁이는 갈대처럼 스러져 갔다.

　세영과 수지가 커피숍에 다녀간 이후, 민우는 느닷없이 수지의 앙증맞은 얼굴이 떠오르곤 했다. 그때마다 수지가 더없이 귀여우면서도 가슴 한편이 편치 않았다. 세영에 대한 마음이 수시로 롤러코스터를 탔다. 그동안 세영과의 관계에서 수지를 거의 생각지 않고 있었다는 걸 깨달았다. 나중에 엄마에게 결혼 승낙을 받을 때 쉽지 않겠구나, 하는 생각이 퍼뜩 들었다. 하지만 그건 그리 중요한 게 아니다. 그보다 수지의 아빠가 누구일까, 하는 쓸데없는 생각이 민우를 사로잡았다. 갑자기 세영의 존재가 멀게 느껴지면서 예상치 못했던 강렬한 질투심에 흉곽이 저려왔다. 처음으로 민우는 세영이 몹시 원망스러웠다.

15.

드디어 새로운 학기가 시작됐다. 초등학교에 입학한 수지와 세영 모두에게 새로운 삶이 열렸다. 세영은 새벽 4시 반에 일어나 서둘러 기차를 타고 D대학으로 향했다. 몇 번이나 차를 갈아타고 가야 하는 고된 행군이었다.

대형 강의실에서 강의를 마치고 나온 세영은 바로 박 교수 연구실로 향했다. 봄기운이 충동질하여 캠퍼스 가로수 나무들이 분주히 요동치고 있었다. 가지 끝에 올망졸망 올라온 꽃망울들이 터질 듯 말 듯 빵빵했다. 몸은 좀 피곤했지만 세영의 마음도, 발걸음도 덩달아 경쾌했다.

세영이 박 교수 연구실 문을 노크하고 들어서자 박 교수가 다른 두 교수와 담소를 나누고 있었다. 세영이 인사를 드리자 박 교수가 사람 좋아 보이는, 예의 그 넉넉한 미소로 세영을 반겼다. 이어 세영을 옆에 있는 두 교수에게 소개시켰다. 한 분은 50대 후반의, 머리가 벗겨진 하 교수였고, 또 한 분은 더 젊은, 깡마르고 키가 큰 고 교수였다. 세영이 두 분께 인사를 드리자 하 교수가 기다렸다는 듯 눈에 띄게 반가워했다.

"지난번 학회에서 한번 봤는데, 아직 미혼이시죠? 이제 우리 과도 분위기가 확 달라지겠네요."

세영은 무슨 말을 해야 할지 몰라 그저 미소만 짓고 앉아 있었다.

"참, 이번에 내가 T연구소를 만들었는데, 우리 유 선생님이 총무 일을 하면 어떨까요?"

박 교수가 스스럼없이 세영에게 권했다.

"네, 알겠습니다. 저, 어떤 학흰데요?"

"일종의 통합학문을 지향하는 학제간 연구 모임이라고 생각하면 돼요."

"네, 알겠습니다."

세영은 망설임 없이 대답했다. 이왕이면 이번에 아예 발표도 하시라고 박 교수가 제의하자, 세영은 약간 얼떨떨했지만, 즉시 그러겠다고 대답했다.

"야, 이제부터 우리 연구소가 문전성시를 이루겠는데."

신나는 일이라도 생긴 양 싱글벙글하던 하 교수가 갑자기 무슨 좋은 생각이라도 떠오른 듯 미소를 거두고 황급하게 물어보았다.

"혹시 유 선생님 오늘 오후에 시간 좀 있으세요?"

"네?" 세영은 당황스러웠다.

"혹시, 저랑 필드에 가실 수 있나 해서요."

세영이 무슨 말인지 못 알아듣자, 하 교수가 상체를 내밀곤 열을 올리며 말했다.

"같이 골프장에 가자고요, 필드에 나가면 스트레스 싹 풀립니다. 공기가 정말 좋아요."

"아, 네. 저 골프 못 쳐요."

"못 쳐도 돼요, 그냥 걷기만 하세요. 제가 다 가르쳐 드리겠습니다."

하 교수의 아쉬워하는 목소리를 뒤로 한 채 세영은 서울에 가봐야 한다고 조심스럽게 말하고 방을 나왔다. 휴우, 절로 밭은 한숨이 나왔다.

세영은 기차에 올라타자마자 기차표를 보며 자기 좌석을 찾아 자리에 앉았다. 옆자리엔 나이가 들어 보이는 중년 남자가 잠들어 있었다. 기차가 움직이기 시작하자 세영은 가방에서 노트북을 꺼내 연구소에서 발표할 논문 구상을 하며 자판을 두드렸다. 얼마쯤 지났을까, 옆 좌석의 남자가 부스스 몸을 일으키더니 주위를 두리번거리며, 세영에게 여기가 어디냐고 물어보았다. 세영이 대전을 지났다고 말하자, 남자가 말을 또 걸었다.

"술 한 잔 걸치고 탔더니…… 그런데 아가씬 어디까지 가요?"

"서울역까지요."

"그래요? 나도 서울역까지 가는데 잘 됐네요. 심심한데."

세영은 아무 말 하지 않았다.

"공부하는 사람이세요?"

"네."

세영은 피곤이 몰려오는 걸 느끼며 노트북을 닫았다.

"그동안 한의원 해서 돈도 참 많이 벌었는데, 돈 벌면 뭐 합니까, 마누라도 없는데. 마누라가 작년에 갔어요, 암으로."

옆의 남자가 이렇게 말하며 고개를 돌려 세영을 쳐다본다. 세영은 속으로 안됐다는 생각이 들었다. 이때 중년 남자가 통로로 카트를 밀며 지나가는 직원을 불러 세워 맥주와 오징어, 커피를 사더니 세영에게 이것저것 권했다. 세영은 부담스러웠지만 상대방의 체면을 생각해서 그냥 주는 대로 받았다. 세영은 커피를 마시며 창밖을 내다보았다. 남자가 맥주 캔을 따 한 모금 마시면서 말했다.

"아가씬 내가 옆에서 보니까 참 귀골이네. 영부인감이야. 내가 관상 공부를 좀 했거든."

"감사합니다."

세영은 혼자만의 시간이 갖고 싶어 다시 창밖으로 고개를 돌렸다. 세상은 온통 희끄무레한 회색빛 세상이었다. 새벽엔 감상할 마음의 여유가 없었는데, 지금 보니 역시 우리 산하가 아기자기하고 정감이 간다. 산이 거의 없는 독일 풍광과는 느낌이 많이 다르다. 제대로 봄이 오려면 좀 더 있어야 할 것 같다. 나뭇가지에 새순이 다시 돋는 기적을 보고 싶다.

"나 요즘 적적해요, 돈이 있어도 별로 하고 싶은 일도 없고."

세영은 순간 의아한 생각이 들었지만 그냥 커피만 마셨다.

"어디 대학에 나가세요? 나랑 데이트하면 어떨까? 내가 뒷바라지 다 해줄 수 있는데."

세영은 너무 어이가 없어 아무 말도 하지 않았다. 그저 기분 나쁜 표정을 지으며 차창 밖을 내다봤다. 옆에서 이 것저것 귀찮게 물어봐도 아예 입을 다물어버리자 비로소 잠잠해졌다.

기차가 도착지 서울역을 향해 속도를 늦추기 시작했다. 갑자기 중년 남자가 세영에게 핸드폰 번호를 가르쳐 달라고 조르기 시작했다. 세영이 인내심을 발휘하여 정중히 사과했다. 그런데 기차가 역에 도착하기 직전, 남자가 피가 온통 위로 쏠린 듯한 얼굴로 빨리 가르쳐 달라고 다그치기 시작했다. 금방이라도 화가 폭발할 듯한 모습이었다. 세영은 너무 어이가 없었지만, 끝까지 예의를 지키려 노력했다.

세영은 기차가 도착하자마자 얼른 기차에서 뛰어내려 인파 속으로 숨어버렸다. 한참 만에 세영은 비로소 안도의 한숨을 내쉬며 걸음만 빨리 했다. 이마에 땀을 닦는데 자기가 도대체 왜 이래야 하는지 도저히 이해가 안 된다. 화가 머리끝까지 치솟아 손가락 끝이 달달 떨려왔다. 왜 그런 사람에게 끝까지 정중함을 잃지 않았는지, 왜 면상에다 제대로 면박도 주지 않고 도망치듯 뛰어왔는지 알 수가 없다. 세영은 자기 자신이 너무 한심했다.

16.

일주일에 이틀은 모교에서, 또 이틀은 기차를 타고 내려가 D대에서 강의를 하는 요즘 세영은 집에 있는 시간이 많이 줄어들어 수지에게 미안했다. 두 사람은 주말이면 으레 서점에 가서 시간을 보냈다. 놀이터보다 책을 더 좋아하는 수지가 먼저 앞장을 섰다.

시간이 느리게 흐르는 여름 방학 아침, 소파에 기대 책을 보던 세영이 책을 덮었다. 이렇게 여유 있는 지금 이 순간이 행복했다. 지난 학기는 어떻게 지나갔는지 모를 정도로 바빴고, 육체적으로도 힘이 들었다. 세영은 언제나 보따리 장사를 면할 수 있을까, 생각하다가 깜빡 잠이 들었다.

세영은 현관 번호키 누르는 소리에 잠이 깼다. 수지가 눈과 입이 다 퉁퉁 부은 채 집에 들어왔다. 세영은 순간 우두망찰했지만 아무 말 하지 않고 수지를 그냥 품에 꼭 껴안아 주었다. 점심을 먹고 나서 조심스레 무슨 일이 있었는지 물어봤다. 하지만 수지는 아무 말도 하지 않으려 했다.

두 사람은 길게 늘어진 오후 햇살이 농을 하듯 만지작거리고 있는 서점 문을 열고 들어갔다. 오늘 따라 서점 안이 한산했다. 할아버지, 소리 지르며 달려가는 수지를 세영 아빠가 오, 오냐, 하며 얼른 두 팔을 벌려 품에 안았다. 이때 한쪽 구석에서 신간 서적을 보고 있던 한 남자가 고개를 들고 이쪽을 향했다. 이호철 교수였다. 안경을 쓴 이 교수의 눈과 세영의 눈이 마주쳤다. 서로 너무 놀라 그저 두 눈만 껌뻑거리고 있자, 수지의 머리를 쓰다듬던 세영 아빠가 입을 열었다.

"아니, 어떻게 서로 아는 사이야, 세영아?"

"네 아빠, 저희 교수님이세요."

두 사람보다 더 크게 눈을 뜨며 세영 아빠가 반색을 했다.

"아, 그러셨어요? 몰라 뵈서 죄송합니다."

"세영이 아버님이시군요. 이호철이라고 합니다."

"수지야, 어서 인사드려. 너희 엄마 교수님이셔."

"안녕하세요."

수지가 낭랑한 목소리로 머리를 꾸벅 숙이며 인사했다. 이 교수 얼굴에서 핏기가 일시에 걷혔다. 입을 다물지 못하고 있던 이 교수가 겨우 평온을 되찾은 듯 수지의 머리를 쓰다듬으려 손을 들었다. 이 교수의 손이 미세하게 떨렸다.

"어, 그래. 수지라구, 반갑다. 몇 살?"

"이번에 초등학교에 들어갔습니다."

세영 아빠가 자랑스러워하며 말했다. 이 교수가 멍한 표정으로 세영의 얼굴을 슬쩍 쳐다보았다. 주형을 뜬 얼굴처

럼 세영의 얼굴이 입을 꼭 다문 채 잔뜩 굳어 있다. 심기
가 몹시 불편하다는 표시가 역력하다. 이 교수는 들고 있
던 책을 서둘러 계산하고 바로 서점을 나왔다.

이 교수는 지하철 입구를 지나쳤다. 그저 기계적으로 두
다리를 계속 움직였다. 벌써 겨울이 지나가려고 하고 있구
나, 하다가 생각해 보니 봄이 아니고 여름이다. 어디선가
시원한 바람이 불어오고, 사람들이 다들 무슨 일이라도 있
는지 종종걸음으로 어디론가 가고 있다. 거침없이 커져버린
가로수 나무의 이파리들이 바람에 팔랑개비처럼 하늘거린
다. 눈앞을 보니 벌써 두 정거장을 지나쳤다.

이 교수는 더 이상 걸음을 옮길 수가 없었다. 갑자기 머
리가 쪼개져 나가는 듯하다. 아직 확실한 건 아니다, 고 혼
잣말을 하다가 호흡을 멈춘 듯 입을 다물었다.

아니, 그럴지도 모른다. 만약 그게 사실이라면, 그렇다
면?

그날 수지는 할아버지하고 같이 느즈막하게 집에 왔다.
먼저 집에 온 세영이 식탁을 차려 함께 식사를 마치고 나
자 수지는 자기 방에 들어가 서점에서 가져온 책을 침대
위에 엎드려 보기 시작했다. 세영이 다가와 수지의 풍성하
고 윤기 있는 머리카락을 쓰다듬으며 말했다.

"수지야."

"응."

"수지야."

"왜?"

"아빠……."

"뭐? 아빠?"

수지가 벌떡 일어나 똑바로 앉았다. 침대가 출렁이다 멈췄다. 세영도 정좌를 하고 앉았다. 세영은 수지의 두 손을 잡고 수지의 두 눈을 똑바로 쳐다보았다.

"응, 아빠. 수지 아빠. 수지 아빠는 돌아가셨어."

"정말? 근데 왜 인제 말해?"

"네가 좀 크면 얘기해 주려고."

수지의 얼굴이 단박에 어두워졌다. 수지의 시선이 힘없이 방바닥으로 떨어진다. 어깨가 쭉 쳐지더니 목소리에 힘이 하나도 없이 말한다.

"알았어. …… 그래도 아빠 얼굴 한번만 보고 싶은데. 사진이라도."

"미안해. …… 사진 없어."

17.

올여름엔 장마가 변변치 않게 지나가나 했는데, 역시나 곧 태풍이 북상한다는 일기예보가 있었다. 세영은 얼마 남지 않은 여름방학이 아쉽기만 했다. 책을 보다가도 자꾸 책을 덮고 상념에 빠져들곤 했다. 여러 가지 잡념들이 정리되지 않은 채 마구 엉켜 있는 듯한 느낌이다. 학기 중엔 바빠서 그렇다 치고, 방학 중인데도 요즘은 이상하게 민우 씨 얼굴 보기가 힘들었다. 일단 서점에 자주 오지 않는 게 분명했다. 세영은 그 이유를 말해 주지 않는 민우를 원망하는 자신이, 지금 이 순간 민우를 떠올리고 있는 자기 자신이 너무 싫었다. 자기도 모르는 새 마음이 부드럽게 열리는 말미잘의 촉수처럼 그를 향해 활짝 열려 있음을 발견했다. 세영의 뇌 한쪽 구석에서 위기 경보가 울렸다. 세영은 풀어헤쳐진 앞 단추를 여몄다.

오전에 피아노 학원에 갔다 온 수지가 세영에게 할아버지 서점에 가자고 졸랐다. 잔뜩 찌푸린 하늘에 바람이 거셌다. 금방이라도 장대비가 쏟아질 듯했다. 모녀가 서점에 들어서자 손님이 없어 기운이 빠져 보이던 아빠의 얼굴에 금방 화색이 돌았다. 할아버지를 잠깐 껴안고는 곧장 어린이용 책 코너에 가서 책을 고른 수지가 세영에게 커피숍에 가자고 했다. 수지가 지난 겨울방학 그곳에서 책을 읽었던 기억을 다시 떠올리고 있는 게 분명했다. 세영은 속으로 놀랐다. 커피숍 분위기가 마음에 든다며 어른처럼 말하는 수지를 보고 세영은 지그시 어금니를 깨물며 나오려는 웃음을 참았다.

놀랍게도 민우가 커피숍에 있었다. 세영과 수지를 본 순간, 민우의 당황한 듯 놀라는 표정에서 세영은 미묘한 불편함의 기미를 읽었다. 커피숍 안엔 을씨년스러운 날씨 탓인지 손님이 없었다. 수지가 야무지게 인사를 하더니 전에 앉았던 자리에 가 앉았다. 세영이 따라가 앉자 민우가 부리나케 지난번과 똑같이 온갖 빵들을 다 내왔다. 민우는 모녀 앞에 우두커니 앉아 있다가 수지가 동화책을 펼치자 자기 자리로 돌아갔다.

커다란 통유리 밖 가로수의 가지들이 거센 바람에 이리저리 휘둘렸다. 마치 자기를 지켜내려 바람과 사투를 벌이는 듯했다. 하지만 세 사람은 아랑곳하지 않고 각자 서서히 독서 삼매경에 빠져들었다. 시간이 얼마나 흘렀을까, 수선스런 창밖 풍경에 민우가 고개를 들었다. 비바람이 세차게 퍼붓고 있었다. 바람을 탄 빗줄기가 회초리 되어 가로수를 내리치고 있지만 커피숍 안은 무사했다. 민우는 고개를 돌려 모녀를 바라보았다. 책에 몰두한 그들의 머리 주위로 고요한 평화의 자장이 내려앉은 듯했다. 민우의 마음이 평온해져 왔다. 수지에게서 느꼈던 껄끄러움이 풀어져나가는 듯했다. 깜찍하게 머리를 양 가닥으로 올려 묶어 맨 얼굴을 푹 숙인 채 한 손으로 빵을 부산하게 집어먹으면서 책에 집중하고 있는 수지의 모습이 싫지 않다. 어쩌면 먼 훗날, 우리 세 사람이 제법 아름다운 하모니를 이루어 나갈 수 있을지도 모르겠다는 예감이 슬며시 고개를 들었다.

이때 누군가가 끼이익, 커피숍 문을 열고 들어왔다. 이호철 교수였다. 이 교수가 우산을 접어 우산꽂이에 꽂는 순간, 한쪽 구석에서 책을 보던 세영과 수지가 고개를 들고 이 교수를 보았다. 세영의 얼굴이 겨울바다 차돌멩이처럼 얼어붙었다. 이 교수가 헛기침을 했다. 민우에게 아메리카노를 주문하더니 자석에 이끌리듯 세영과 수지에게로 다가갔다.

세영이 자리에서 일어나 인사하곤 수지를 보며 말했다. 목소리가 콘트랄토 음역으로 착 가라앉아 있었다.

"수지야, 인사 드려. 엄마 교수님."

수지도 자리에서 일어나 인사했다.

"어, 그래. 지난번에 한번 봤지?"

"네. 교수님, 안녕하세요."

수지가 이 교수를 똑바로 쳐다보며 말했다. 세영이 어찌할 바를 모르고 서 있자, 좀 추워서 테이크아웃해 가려고, 이 교수가 묻지도 않은 말을 했다. 이때 민우가 커피를 내왔다.

"앉지."

이 교수가 수지 건너편 자리에 앉으며 말했다. 세영과 수지가 동시에 자리에 앉았다. 이 교수가 수지를 쳐다보는데 수지의 새까만 눈동자가 가슴에 비수처럼 꽂힌다. 수지의 윗입술 가운데가 약간 뭉툭한 모습이 자기를 닮은 것 같다. 심장 뛰는 소리가 북소리처럼 쿵, 쿵, 쿵 귀에 울린다. 입에 가져가는 테이크아웃용 종이컵이 살짝 흔들린다. 세영이 보고 있다는 게 의식된다.

"어때, 이번 학기 D대 강의는 잘 했지?"

"네. 덕분에…."

"연락도 한번 안 하고."

이 교수는 자기가 한 말이 마음에 들지 않아 이맛살을 찌푸렸다. 세영이 아무 말 없었다. 납처럼 무거운 표정이었다.

"나중에 한번 찾아가 뵙겠습니다."

세영이 자리에서 벌떡 일어나 수지에게 이제 그만 가자, 고 말했다.

광폭한 비바람 속을 우산을 쓰고 걷던 이 교수가 커피가 든 종이컵을 땅바닥에 내동댕이쳤다. 세영의 마비된 듯한 얼굴, 그리고 수지의 윗입술을 보면 수지가 자기 자식일 가능성이 농후하다. 그런데 왜 세영과 수지가 하필이면 그놈의 커피숍에서 책을 보고 있었을까? 혹시 세 사람이 가까운 사이가 아닐까? 그런데 그놈은 함께 있지 않고 카운터 옆에 앉아있었다. 아마 세영과 수지는 서점에서 가까운 커피숍이라 들렀을 것이다. 아니, 아니다. 그놈의 세영에 대한 애정은 눈감고도 감지될 만큼 선명했다.

이 교수의 가슴을 독수리 한 마리가 날아와 날카로운 발톱으로 휙휙 그어놓는 것 같다. 이 교수는 피가 콸콸 솟구치는 것 같은 환영이 들었다. 하지만, 그놈은 기껏해야 커피숍을 운영하는 놈에 불과하다. 그토록 영민한 세영이가 만족할 타입은 아니다. 그런데 수지가 진짜 내 딸이 맞다면, 세영인 결국 영원히 내 여자가 아닐까? 아, 제발 수지가 세영과 날 확실하게 묶어줄 수만 있다면.

그런데 세영은 왜 그렇게 나와의 자리를 피하려고만 할까?

이 교수는 갑자기 걸음을 멈췄다. 혹시 수지가 내 자식이라는 게 밝혀지면 학계에서 매장당할지도 모른다. 이 교수의 두 팔에 소름이 쫙 돋아났다. 하지만 세영이 그걸 드러낼 리가 없다. 그렇다면 절대, 절대 그런 일은 일어나지 않을 것이다. 이 교수의 입에서 옅은 신음이 비어져 나왔다.

그런데 만약 세영과 그놈이 서로 좋아하는 사이라면? 안 돼, 그것만은 절대 안 돼. 이 교수는 속으로 부르짖었다. 세영은 아무나 쉽게 사랑하는 여자가 아니다, 지금까지의 세영을 보면 그렇지 않은가. 이 교수는 지금 이 자리에서 무릎을 꿇고 신에게 두 손 모아 간절히 기도라도 하고 싶은 심정이었다.

세영아, 그냥 수지를 데리고 지금처럼 살아라. 난 항상 너를 생각하며 살게. 보고 싶을 때 보면서 그렇게 살자.

세영이 대학에 자리를 잡으면 그땐 세영의 마음도 본래의 부드러움을 되찾을 것이다. 그것도 내 힘의 도움을 받아 교수가 되면, 그땐 많은 게 달라질 것이다. 이 교수는 어금니를 꽉 깨물었다.

18.

세영은 지난 봄 학기, T연구소에서 J대 강의수 교수를 처음 알게 됐다. 강 교수는 세영의 대학 대선배로 이 지역 진보적인 문화학술운동의 선두주자로 꽤 알려진 분이었다. 이따금 T연구소 학회모임에 얼굴을 내밀었던 강 교수가 지난번 모임에서 세영에게 방학하면 한번 자기 연구실에 찾아오라고 했었다.

세영은 고속버스를 타고 J시로 향했다. 급격한 산업화를 비켜간 듯 조용한 J시의 첫인상이 나쁘지 않았다. 도시는 작아 보였지만, J대 캠퍼스는 꽤 넓었다. 방학이라 그런지 캠퍼스가 한적하고 나른해 보였다. 세영은 서둘러 강 교수의 연구실이 있는 연구동을 찾아갔다.

세영이 노크를 하고 안으로 들어서자, 강 교수가 일어나서 세영을 반겼다. 세영은 공손히 인사했다. 까무잡잡한 얼굴에 약간 경직된 인상을 가진 강 교수의 어깨 위에는 이름에 걸맞은 권위가 얹혀 있었다. 손수 차를 타주면서 강 교수가 세영에게 다음 학기 시간강의 두 강좌를 맡겼다.

"감사합니다."

"서울에서 다니려면 좀 힘들 텐데."

"괜찮습니다."

강 교수의 배려하는 마음에 세영이 미소를 띠며 말했다.

"독일 베를린에서 공부했다구요?"

"네."

"난 뮌헨에서 했는데."

"그러세요?"

세영은 진심으로 반가웠다. 순간 세영의 뇌리에 오랫동안 잊고 살았던 베를린 U대학 거리가, 그뤼네 발트 공원이 스쳐지나갔다. 이유 없이 강 교수가 가깝게 느껴졌다. 강 교수가 학회지를 한 권 내밀면서 말했다.

"그리고 참, 이참에 내가 회장으로 있는 H학회에 회원으로 들어오시죠."

"아, 네, 알겠습니다. 그리고 말 놓으세요. 한참 후밴데요."

세영이 다시 한 번 감사하다고 인사하고 자리에서 일어나려고 하는데, 강 교수가 갑자기 정색을 했다. 세영의 마음이 저절로 긴장됐다. 세영은 제자리에 다시 눌러 앉았다. 강 교수가 특유의 탁한 저음으로 의미심장하게 말했다.

"그동안 유 선생을 유심히 지켜봤는데."

"……."

"앞으로 우리 대학에서 교수 2명을 뽑을 예정인데, 한 명은 내가 결정할 수 있어요. 유 선생도 실력이 있으니 내가 염두에 두고 있어요."

세영으로서는 전혀 예상치 못했던 말이 아닐 수 없었다.

저절로 세영의 두 눈이 어항 속 금붕어 입처럼 끔벅거렸다.

"정말 감사합니다. 열심히 해보겠습니다."

세영은 자기도 모르게 목소리를 높여 경직된 자세로 군인처럼 말했다. 강 교수가 만족스러운 듯 고개를 끄덕였다. 세영은 얼굴이 확 달아올랐다. 어찌할 바를 몰라 우물쭈물하다 겨우 방을 빠져나왔다.

캠퍼스를 걸어 나오면서 세영은 자기가 뭘 열심히 하겠다고 한 건지 자신도 잘 모른다는 생각이 들었다. 괜히 부끄러웠다. 전혀 예상치 못했던, 뜻밖의 기회가 주는 벅찬 기대감과 어떻게 준비해야 하는지 모르는 무력감이 교대로 세영을 쥐고 흔들었다. 아무리 생각해도 뾰족한 수가 없었다. 그저 최선을 다해 강의하고, 열심히 논문을 발표하고, 옆에서 성심껏 교수님의 학회활동을 도와주는 거 말고 뭐가 있겠는가. 세영은 애써 불안감을 털어냈다.

이제 비로소 캠퍼스의 풍경이 세영의 눈에 들어왔다. 시원하게 뚫린 널찍한 도로와 시골길을 닮은 한적한 사잇길, 울창한 나무들과 잘 다듬어진 잔디밭, 높은 현대식 건물들과 아이비 넝쿨에 감싸인 고풍스런 건물이 파노라마처럼 세영 앞에 펼쳐져 있었다. 세영은 이렇게 전통 있고 고즈넉한 대학에 자리 잡으면 참 괜찮겠다는 생각이 들었다. 순간 이 대학 교수들이 두 파로 나뉘어 사사건건 격렬하게 다투고 있다고 들은 말이 떠올랐다. 한없이 평화로워 보이는 풍경과 참 어울리지 않는 말이었다. 하지만, 만약 그렇다면 강 교수가 신임교수 한 명의 티오에 대한 결정권을 갖고 있다는 말이 틀린 말은 아니겠다는 생각이 들었다.

학교를 나와 고속버스터미널로 향하는 세영의 발걸음이 나는 듯 가벼웠다. 아무래도 지방대학이 서울 소재의 대학보다 접근하기 좀 쉽지 않을까, 다음 학기는 정말 바빠지겠다고 예상을 해보는데 마음이 눈밭을 뛰어다니는 강아지처럼 혼자 치달리며 들썩거렸다. 그래, 어쩌면 기회는 이렇게 예기치 않게 오는 것일지 모른다.

19.

　지난 가을 학기에 세영은 모교 강의 외에 J대와 D대 강
의로 눈코 뜰 새 없이 바빴다. 학회 일까지 겹쳐 늦는 날
엔 하는 수 없이 학교 근처 모텔에서 잠을 자기도 했다.
세영은 수지가 많이 걱정됐다. 만약에 엄마, 아빠의 도움이
없다면 수지를 어떻게 기를 수 있을지 가늠이 되지 않았다.
요즘 세영은 하릴없이 마음이 울울해지곤 했다. 민우를 보
기도 힘들고, 전화도 거의 오지 않았다. 주말에 어쩌다 커
피숍에 들르면 그때마다 후배가 커피숍을 지키고 있었다.
민우에게 무슨 변화가 있는 것 같은데, 후배도 말을 아끼고
적당히 얼버무릴 뿐이었다. 세영은 섭섭했지만, 크게 신경
쓰지 않으려 노력했다. 돌이켜보면 세영은 그때그때마다 자
기의 고민을 민우에게 털어놓았었다. 하지만 그는 중요한
무언가를 자기에게 숨기고 있는 게 분명했다. 무슨 마음으
로 그에게 그토록 솔직할 수 있었는지, 세영의 마음이 겨울
강가 누런 갈대처럼 메말라갔다.

　어김없이 12월이 왔다. 드디어 기다리던 방학이 시작됐
다. 세영은 하루 24시간 수지와 함께 붙어있었다. 오늘은
세영 엄마가 여고 동창들과 모임이 있어 늦게 오는 날이었
다. 세영은 수지와 슈퍼에 가서 장을 봐왔다. 행주치마를
걸치고 내다본 창밖 아파트 단지 내 풍경이 정겨웠다. 올

겨울 처음으로 눈다운 눈이 수북이 쌓여 나무들마다 하얀 방한복에 하얀 방한모까지 쓰고 있었다. 수지는 거실에서 동화책을 읽느라 정신이 없고, 가스 불 위에는 된장찌개가 보글보글 끓었다. 미끄러운 길을 핑계 삼아 세영 아빠가 다른 날보다 일찍 가게 문을 닫고 집에 돌아왔다. 세영은 콧노래를 부르며 서둘러 식탁을 차렸다.

된장찌개가 너무 맛있다며 밥 한 그릇을 더 드시는 아빠의 모습을 보자 세영은 오랜만에 자식 노릇을 한 것 같아 흐뭇했다. 세영이 설거지를 하고 있는데, 현관문 소리가 들렸다. 세영이 엄마의 코트를 받아드는데 엄마 얼굴이 퉁퉁 부어 있었다. 식탁 의자 위에 털썩 주저앉는 엄마 앞에 세영도 따라와 앉았다.

"왜, 엄마 무슨 안 좋은……."

"얘, 어쩜 애들이 그렇게 하나같이 그러니?"

세영 아빠도 세영 옆에 와 앉아 부인의 얼굴을 쳐다보았다.

"정말 기분 나빠. 어쩜 애들이 다 그렇게 속물이니. 여자는 힘들게 공부할 필요 없대. 그냥 돈 잘 버는 남편 만나 시집 일찍 가는 게 최고래."

"당신, 사람들이 그렇게 생각하는 거 여태 몰랐어?"

"나도 알긴 알지 왜 몰라. 하지만 아는 것도 쥐뿔도 없는 것들이 그렇게 얘기하니까 웃기잖아."

"다른 사람들 생각이 뭐가 중요해. 당신 생각이 중요하지. 그리고 우리 세영이가 이다음에 교수 돼 봐. 다들 부러워할 걸?"

세영 아빠가 웃으며 말하는데, 세영 엄마의 이마 주름에 골이 더 깊게 잡혔다. 관자놀이에 불끈 치솟은 핏줄을 누르며 세영 엄마가 말했다.

"여보, 걔네들이 그러는데, 교수 되려면 세 아비 중 하나가 확실해야 된대. 친정아비, 시아비, 지아비. 아니면 돈을 확실하게 먹이든가."

말을 마친 세영 엄마가 맥이 풀린 듯 초점 잃은 눈길을 멀리 던졌다. 한숨을 길게 내쉰 엄마가 아이고, 내 팔자야, 하며 주먹으로 자기 가슴을 두어 번 두드렸다. 말없이 엄마를 바라보던 세영의 고개가 밑으로 떨어졌다. 속으로 엄마가 또 아빠를 무능하다고 원망하고 있을 게 뻔했다. 언젠가부터 아빠를 대하는 엄마의 태도가 눈에 띄게 달라졌다. 별 일 아닌 일에도 툭하면 아빠에게 신경질적으로, 너무 함부로 대하는 엄마의 모습을 볼 때마다 세영은 가슴이 너무 아팠다. 생활전선에 뛰어들어 조금씩 본래의 품위와 향기를 잃어버린 오늘의 엄마를 만든 사람도, 아빠를 무능하게 만든 장본인도 바로 자기였다.

위액이 역류라도 한 것처럼 속이 시큼하고 체기까지 느꼈지만 세영은 정신을 가다듬어야 했다. 그동안 혼자 생각해왔던 것들을 바로 지금 꺼낼 때라고 생각했다. 짧은 숨을 토해내며 세영이 특유의 자기 확신에 찬 말투로 말했다.

"엄마, 나 그런 식으로 교수 되지는 않을 거야. 그리고 진작에 말씀드리려고 했는데, 아무래도 D대 근처에 원룸이라도 하나 구해야 되겠어. 일주일에 세 번이나 지방에 왔다 갔다 하는 게 너무 힘들어서……."

"그래야겠지."

세영 엄마가 심드렁하게 대답했다. 얼마나 번다구, 쯔쯔. 엄마가 한심하다는 듯 혼잣말을 했다.

"그리고, D대하고 J대에서 앞으로 교수 채용할 계획이 있대요."

세영의 말이 끝나기도 전에 세영 엄마가 갑자기 의자에서 벌떡 일어났다. 의자가 뒤로 벌러덩 나자빠졌다.

"그래? 세영아, 정말이야? 언제, 언제."

"그렇게 늦진 않을 거 같아."

"너 교수되면 이 엄마, 발가벗고 밖에 나가 춤 출거야, 정말이야."

순식간에 눈물방울로 번들거리는 두 눈을 껌뻑거리며 세영 엄마가 말했다.

"여보, 제발 좀 진정해."

세영 아빠가 휴지를 건네며 말했다. 그리고 넘어진 의자를 일으켰다. 세영 엄마가 다시 의자 위에 앉더니 솟구치는 에너지로 목소리를 한껏 높여 말했다.

"세영아, 너 영자가 무슨 영잔 줄 알지? 꽃부리 영(英)이 아니라, 비출 영(暎)이야. 니 아빠가 '세상의 꽃' 세영이라고 하고 싶어했지만, 내가 끝까지 우겨서 '세상을 비추는' 세영이 된 거야. 나중에 봐라, 넌 지혜로 이름을 떨칠 테니. 온 세상에 지혜를 환히 비추는 거지. 그치, 수지야?"

"응, 할머니."

수지가 고개를 끄덕이며 맞장구를 쳤다. 세영은 어이가 없어 헛웃음을 지었다.

"근데, 어쩌니, 수지야? 엄마가 이번에 이사 가면 엄마를 며칠 못 볼 텐데."

세영 엄마가 꼭 연극배우처럼 웃었다, 울었다 과장된 얼굴로 수지를 쳐다보며 말했다.

"괜찮아요, 할머니. 엄마가 빨리 교수되면 되잖아요."

"그래, 그래. 아이구 똑똑한 내 새끼."

세영 엄마가 수지의 머리를 쓰다듬더니 수지를 꼭 껴안았다. 죽이 잘 맞는 손녀와 할머니의 모습을 보는 세영의 코끝이 시큰거렸다. 하지만 이내 이 작은 감동을 씁쓸함이 뒤덮고 지나갔다.

20.

또다시 새 학기가 다가오고 있었다. 한국에 온 지 벌써 이 년이 흘렀다. 2년 예정이었던 모교 강의도 이제 다 끝난 상태였다. 세영은 이번 겨울방학이 유독 짧게 느껴졌다. 방학 전부터 여기저기 서류를 내보았는데, 역시나 한 군데서도 아무 소식이 없었다. 결국 기대해 볼 곳은 D대와 J대, 두 곳 밖에 없었다. 세영은 이번 새 학기엔 더더욱 최선을 다해야 한다고 결의를 다졌다.

느닷없이 불쑥 민우가 자기를 볼 때마다 입가가 벌어지면서 불거지던 광대뼈와 서글서글한 눈매가, 어려울 때마다 위로를 건네주었던 저음의 목소리가 떠올랐다. 얼굴을 본지 한참이 지난 듯했다. 괜히 원망하는 마음이 일었다. 그런 자신이 어이가 없었지만, 혹시 하는 마음에 세영의 발길이 커피숍으로 향했다. 이제 다시 강의가 시작되면 언제 또 얼굴을 볼지 몰랐다.

큰 기대 없이 커피숍의 문을 미는데 세영의 마음이 마구 두근댔다. 뜻밖에도 민우가 있었다. 세영은 못 볼 걸 본 것처럼 깜짝 놀랐지만 태연한 척 가장했다. 마주친 민우의 얼굴에 여러 가지 표정이 한꺼번에 몰렸다 지나갔다. 당황해 하는 기색이 역력했다. 면도하지 않은 얼굴이 전보다 더 수척해지고 칙칙해진 것 같았다. 세영은 멀미가 날 듯

속이 일렁였다. 눈물이 찔끔 날 정도로 반가웠지만, 원망과 냉정의 파도가 반가움을 밀어냈다.

어색해하기는 오히려 민우가 더 했다. 뭔가를 숨기는 듯했지만 세영은 의도적으로 그를 편안하게 대했다. 우리 둘 사이 사실 아무 관계도 아니니까, 섭섭해 할 일이 아니었다. 세영은 최대한 덤덤하게 대하려 노력했다.

한참 애기가 겉돌았다. 민우가 죄 지은 사람처럼 말했다.

"당분간 일이 있어 자리를 좀 비울 것 같습니다."

세영은 그 일이란 게 뭐냐는 질문을 하지 않았다. 화제에 궁한 세영이 이번에 D대 앞에 원룸을 얻으려 한다는 말을 무심하게 했다. 해를 가린 구름이 땅에 그늘을 드리우듯 단박에 민우의 얼굴이 어두워졌다. 중대 결정을 앞둔 사람처럼 바싹 긴장한 얼굴로 민우가 벌떡 일어나더니 카운터 쪽으로 걸어갔다. 급하게 어딘가로 전화를 거는 모습이 초조해 보였지만, 무슨 말을 하는지 세영은 알 수 없었다. 평소와 다른 그의 모습에 어리벙벙했지만 그저 가만히 앉아 기다렸다.

민우가 성큼성큼 다가와 결의에 찬 어두로 말했다.

"세영 씨가 내일 갈 수 있다면 저도 따라갈게요. 내일 당장 가면 안 될까요? 제가 좀 시간이 없어서요. 이번엔 제가 제 차로 모시겠습니다."

민우가 잔뜩 상기된 얼굴로 말했다. 세영은 당황스러웠

다. 부담스러운 마음에 민우를 말렸다. 하지만 좀체 꺾일
것 같지 않은 민우의 기세에 세영이 물러섰다. 민우는 자
기도 하루 정도 바람을 좀 쐬고 싶다고 말했다. 마치 어디
먼 여행을 떠나기 직전의 사람 같았다.

두 사람 다 말이 없었다. 서울 시내를 벗어나자 앞 유리
창 밖으로 겨울 새벽하늘이 옅은 감빛을 거둬내며 은빛 바
다를 펼쳐 보이고 있었다. 세영은 시시각각 변하는 하늘의
동영상에 말없이 몰두했다. 뭉실뭉실 은회색 구름이 이어
그려진 수묵화 병풍 뒤로 햇님이 슬쩍 슬쩍 얼굴을 내비치
곤 사라진다. 민우가 아무 말 없이 CD를 틀었다. 오랫동안
잊고 지낸, 너무 귀에 익은 아리아가 흘러나온다. 조수미가
부르는, 벨리니의 오페라 「노르마」에 나오는 '정결한 여신'이
다. 세영은 굶주린 자가 음식을 허겁지겁 집어삼키듯 음악
의 선율을 마디마디 흡입했다.

자아를 송두리째 분쇄해 버리고 말 것처럼 처절한 절망
감을 거기에서 도망가거나 망각하지 않고 그대로 온몸으로
견뎌내는, 자기 가슴을 갈기갈기 찢어버릴 듯한 자괴감 속
에서도 여전히 자기 자신의 숭고함을 잃지 않는 비장함이
조수미의 목소리에 실려 차 안을 가득 메웠다.

세영이 수지를 기르면서 너무 버티기 힘들다고 느낄 때
마다 듣곤 하던 음악이었다. 그때마다 니체가 말한 초인,

짜라투스트라가 그 모든 현실의 고통과 죄, 그리고 현존재의 의문스럽고 낯선 모든 것들을 주저하지 않고 긍정하듯이, 나 유세영은 수지를 나의 운명으로 기꺼이 받아들일 것이라고 다짐하곤 했었다.

세영은 실로 오랜만에 깊은 위로를 받는 느낌이었다. 영혼의 찢겨진 상처가 한 땀 한 땀 봉합되는 듯했다. 차 안엔 오로지 자기 운명과 싸우는 하나의 영혼만이, 육신은 없고 오로지 정신으로만 활동하는 카발리가 존재하는 것 같았다.

아리아를 몇 번이나 돌려 듣고 나서 민우가 음악을 껐다. 차 안을 정적이 지배했다. 지금 이 순간, 세영은 잘 알지는 못해도 왠지 민우를 이해할 수 있을 것 같았다. 그는 분명 자기 존재의 깊은 낭떠러지 같은 심연 위를 고통스럽게 건너고 있으리라. 어쩌면 자기의 운명과 한판 승부를 걸고 있는지도 몰랐다. 고개를 돌려 바라본 민우의 얼굴이 잔뜩 굳은 채 미동도 하지 않았다. 민우가 천천히 고개를 돌려 세영을 바라보았다. 눈길이 마주치자 광대뼈가 벌어지면서 부드러운 미소가 흘러나왔다. 민우의 눈동자가 심해처럼 깊고, 미소가 양지녘처럼 따뜻했다.

두 사람이 열차에서 내려 부동산에 가자마자 일이 일사천리로 진행되었다. 마침 새로 지은 원룸 건물에 비어 있는 방이 있어 두 사람은 부동산 아저씨랑 바로 방 구경을 하러 갔다. 세영은 무엇보다 D대학에 가까운 원룸의 위치가 마음에 들었다. 꼭대기 층까지 헉헉거리며 올라가 원룸 문을 열자 창 밖 캠퍼스의 정경이 한눈에 펼쳐졌다. 방이 크진 않았지만, 창이 넓고 막 지은 건물이라 깨끗해서 마음에 들었다. 세영은 바로 계약을 했다. 아저씨는 언제든 이사와도 된다고 하면서 열쇠를 내주었다.

두 사람은 내려온 김에 아예 필요한 세간살이를 어느 정도 장만해 놓고 올라가기로 했다. 서둘러 가까운 시장으로 향했다. 제일 먼저 가구가게에 들어가서 작은 사이즈의 침대하고, 간이 옷장, 책상으로도 쓸 수 있는 식탁과 의자 두개를 사서 배달을 부탁했다. 이어 두 사람은 전자제품 가게 안으로 들어갔다. 세영이 제일 먼저 자그마한 필립스 오디오를 하나 골랐다. 젊고 싹싹한 여자점원이 세영에게 전기 밥솥과 전기 포트를 골라 주었다.

"혹시 더 작은 사이즈 없어요?"

세영이 점원에게 물었다.

"신혼부부가 쓰기에는 좀 작지 않을까요?"

점원이 웃으며 말했다. 세영이 뭐라고 말을 하려는데, 옆에 서 있는 민우가 신랑처럼 싱글벙글 미소를 감추지 못했다. 세영이 못 박듯 말했다.

"그냥 제일 작은 거로 주세요."

두 사람은 꼭 필요한 일상용품을 몇 개 더 사고 나서 원룸에 도착했다. 청소를 하고 있는데 주문한 가구들이 도착했다. 가구 배치를 끝내고 나니까 제법 사람이 사는 집처럼 보였다. 허리를 펴고 방안을 둘러보는 민우의 이마에 땀이 맺혔다.

"정말 일사천리네요."

땀을 닦으며 민우가 말했다.

"네, 정말. 민우 씨 덕분이에요."

"재미있네요, 꼭 소꿉장난 하는 거 같아요."

민우가 입꼬리를 올리며 말했다.

"확실히 서울에 있는 원룸보다 가격이 싼 편이에요."

일부러 말을 돌려 말했지만, 대충 정리가 된 거 같아 세영의 마음도 흐뭇했다. 세영은 식탁을 닦고 커피 포트에 생수를 담았다. 화장실에서 나온 민우가 얼른 자기 가방에서 원두커피를 꺼내 왔다.

"자, 선물이에요."

세영이 좋아하는, 자메이카산 블루 마운틴 블렌드였다.

"음, 고마워요. 앉으세요. 오늘은 제가 커피를 서빙할게요."

커피 향이 식탁 주변으로 퍼져나가고 창밖 세상엔 노을빛이 번져가고 있었다. 석회색 캠퍼스가 차츰 잿빛으로 바뀌며 캠퍼스 너머 광활한 연회색 하늘 아래 보라색, 주황색, 레몬색의 가는 띠가 길게 펼쳐져 있었다. 마치 하늘나라 요정이 놓쳐 버린 줄무늬 스카프 같았다. 세영이 식탁 위에 올려놓은 오디오를 틀어 KBS FM에 주파수를 맞췄다. 영화 「아웃 오브 아프리카」 주제곡이 흘러나왔다. 느리고 감미로운 선율이 장엄하게 펼쳐져 있는 대자연의 정경을 실어 나르고 있었다. 세영은 눈을 감았다. 곡조의 날개 위에 앉아 숨죽여 자연의 고요한 아름다움에 자기를 맡겼다. 끝없는 초원을 자유롭게 달리는 야생말들과 수면을 박차고 날아올라 은빛 늪지 위를 낮게 날아가는 새떼의 광경이 세영의 눈앞에서 펼쳐지자, 말로 표현하기 어려운 그 무엇이 영혼의 묵은 때를 벗겨내고 있었다. 자연의 위대함인지, 삶의 엄정함인지, 알 수 없는 것들이 뒤섞여 세영의 뇌수를 가득 채웠다. 음악의 날개가 세영을 한층 더 높은 곳을 향해 훌쩍 밀어올렸다. 세영의 가슴이 먹먹해지면서 얼얼해져 왔다. 민우도 언어를 잃어버린 듯 말이 없었다. 세영은 감았던 눈을 떴다.

"저 음악을 들으니 내가 자유로운 새 한 마리가 돼서 끝없이 펼쳐진 대지 위를 낮게, 느리게 나는 기분이에요."

"이 세상 모든 사람은 자유로울 수 있는 사람과 자유로울 수 없는 사람으로 나뉘어요. 생계 문제로, 또는 정신적인 문제로 자유로울 수 없는 사람들이 있죠. 많은 사람들이 좀 더 자유로울 수 있기 위해 돈을 벌어요. 나도 마찬가지죠. 그런데 그보다 더 중요한 건 자유를 누리는 거에요. 경제적으로 자유롭다고 다 자유를 누리며 사는 건 아니죠. 그것은 마치 영혼이 순수할 때에만 찾아오는 자연의 선물 같은 거예요."

"영혼이 순수하다는 건 뭘 의미할까요?"

민우가 아무 대답 없이 세영의 대답을 기다린다는 듯 쳐다보았다. 생각에 잠겨 깜빡거리는 세영의 눈빛이 매혹적이다.

"그건 어쩌면, 생명체로서의 우리 인간의 삶을 지배하는, 우리 삶을 아래에서 붙들어 매는, 모든 생물학적, 사회적 중력으로부터의 심리적인 일시적 벗어남이 아닐지 모르겠어요. 그러니까 잠시나마 천상의 시계를 누리는 거겠죠. 하지만 우리의 마음이 현실적인 것들에 너무 찌들어 있으면, 이런 벗어남의 순간이 그만큼 더 드물게 찾아오지 않을까요, 아마도."

세영이 보일 듯 말 듯 고개를 끄덕이며 자기 질문에 답했다. 민우의 두 손이 미끄러지듯 다가가 세영의 두 손을 잡았다. 상체를 앞으로 내밀며 세영의 입술에 가까이 다가오자, 세영이 얼른 자리에서 일어나며 말했다.

"서둘러야 돼요. 너무 늦기 전에 가야 돼요."

21.

한 학기가 또 정신없이 지나가고 있었다. 이번 학기에 세영은 D대 T연구소 일을 거의 도맡아 하다시피 해왔다. 박 교수의 지시를 받긴 해도 발표자 연락과 논문 모집, 논문 교정과 논문집 발간에다가 때론 사회까지 세영이 도맡아 하는 바람에 토요일에도 서울에 못 올라가는 때가 가끔 있었다. 이번 주엔 또 논문을 발표하기로 한 서 교수가 갑자기 일이 생겨 발표할 수 없다고 통보해 와서 박 교수가 세영에게 급작스럽게 논문 발표를 부탁했다. 잡념이 끼어들 틈 없이 바쁜 한 주, 한 주였다.

베를린에선 엄마 없는 밤을 보낸 적이 없었던 수지였다. 그래서인지 요즘 따라 수지에게서 유독 전화가 많이 왔다. 전화를 끊고 나서도 힘들어하는 딸의 목소리가 세영의 귓가를 떠나지 않았다. 딸이 없는 밤을 보내기 힘든 건 세영 역시 마찬가지였다. 하루빨리 자리를 잡아 수지를 데리고 사는 수밖에 방법이 없었다. 조바심이 났다. 월세를 내고 나면 손에 쥐는 게 하나도 없었지만, 그래도 그나마 이곳이 서울보다 집값이 싼 곳이라 다행이었다. 세영은 그냥 미래를 위한 투자라 생각하자고 자기를 다스렸다.

새벽부터 전화벨 소리가 급하게 원룸의 정적을 찢었다. 아빠였다. 네가 말한 대학이 J대 맞냐, 신문에 대학교수 초

빙공고가 나왔다고 말하는 아빠의 목소리에서 흥분을 억누르는 것이 생생하게 전해졌다. 세영은 정신이 번쩍 났다. 얼른 전화를 끊고 노트북을 열어 직접 두 눈으로 확인했다. 몸 안에서 힘이 불끈 솟았다. 다만 그동안 J대에 강의를 나가면서 강의수 교수를 자주 찾아뵙지 못했고, 학회에도 몇 번 빠진 적이 있었다는 게 마음에 좀 걸렸다. 금요일엔 서울에 올라가야 하고 또 주중엔 너무 바빴기 때문이었다. 세영은 그토록 진보적인 인사가 그런 작은 일에 크게 괘념치 않으리라 생각했다.

오전 내내 고민을 하다가 강 교수에게 전화를 걸었다. 그런데 핸드폰으로 전해지는 강 교수의 목소리가 이전과 조금 다르게 느껴졌다. 원래 탁한 저음이긴 하지만 왠지 오늘은 비포장도로 위를 굴러오듯 더 거칠게 들렸다. 세영은 고개를 가로저었다. 자기가 지나치게 예민한 탓이라고 생각했다.

약속 당일 날, 아침부터 세영은 신경이 예민했다. 일부러 콧노래를 부르며 오전 강의가 끝날 때까지는 아무 것도 생각하지 말자고 다짐했다. 강의가 끝났는데 종강이라 그런지 오늘따라 유달리 학생들이 질문을 많이 해왔다. 질문이 반갑지 않은 적은 처음이었지만, 인내심을 발휘하여 성의껏 대답해주고 겨우 강의실을 빠져나왔다.

세영은 곧바로 강 교수 연구실을 찾았다. 약속 시간보다

십 분 늦은 것이 마음 쓰였다. 심호흡을 한번 크게 하고
문을 노크했다. 네, 하는 소리가 들리자 조심스레 문을 열
고 들어갔다. 컴퓨터를 보다가 고개를 들어 자기를 쳐다보
는 강 교수의 안경 너머 눈빛이 왠지 생경했다. 비록 짧은
순간이었지만 칼끝을 스치는 듯 날선 기운을 느낀 듯했다.
세영의 호흡이 덜커덩거렸다. 엉거주춤 입구에 선 채 세영
이 무겁게 입을 열었다.

"안녕하세요, 교수님. 이번 교수채용 공고를 보고 서류를
제출하러 왔어요."

"네, 행정실에 갖다 내시죠."

앉으라는 말도 없이 강 교수가 고개만 까닥하며 간결하
게 말했다.

강 교수의 시선이 다시 컴퓨터로 옮겨졌다. 세영은 어찌
할 바를 몰라 가만히 서있었다. 무슨 급한 용무가 있을지
몰라 강 교수의 일이 끝날 때까지 기다릴까, 했다. 잠시 뒤
세영이 죄지은 사람처럼 말했다.

"교수님, 바쁘시면 제가 나중에 다시 들를까요?"

"어? 어, 그러지."

강 교수가 사무적으로 대답했다. 이전과는 다른 강 교수
의 반응에 돌아서는 세영의 두 다리가 휘청했다.

세영은 답답한 마음에 무작정 J대 캠퍼스를 거닐었다.
중앙도로 옆 히말라야시다 나뭇가지들이 옆으로 팔을 쭉

뻗으며 늘어져 있었다. 나뭇가지 사이로 화사한 빛줄기가 쏟아져 내리고, 그 아래로 학생들이 두세 명씩 다정하게 걸어가고 있었다. 세영은 낯선 행성에 혼자 불시착한 것처럼 낯설고 외로웠다. 갑자기 피곤이 몰려왔다. 가까운 벤치를 찾아 엉거주춤 걸터앉았다. 멍하니 눈앞의 먼 산을 바라보았다. 조금씩 명도를 낮추며 끝없이 이어지는 청회색의 산등성이가 너무 무심했다. 눈물이 찔끔 나왔다.

매 시간 감당하기 벅찬, 지긋지긋한 날들이 이어졌다. 세영이 아무리 머리를 쥐어짜도 별다른 방법이 없었다. 결국 세영은 강 교수의 집을 찾아가기로 마음먹었다.

녹슨 철제 대문 앞에서 세영은 옆에 든 과일 바구니가 너무 초라하게 느껴졌다. 발길을 돌리고 싶은 걸 억지로 참고, 심장을 누르듯 지그시 벨을 눌렀다. 콩닥콩닥 심장 뛰는 소리가 귀에 그대로 전달됐다. 다행히 자그마한 체구의 강 교수 부인이 따뜻한 목소리로 세영을 맞이해 주었다. 아담한 한옥의 길쭉한 정원 구석엔 자그마한 연못이 있고, 연못가엔 여름 풀꽃들이 한창이었다. 세영은 사모님 뒤를 따라 서재로 갔다. 사모님이 한지를 바른 미닫이문을 열자, 세영은 자기 손에 아직 과일 바구니가 들려 있다는 걸 알았다. 과일 바구니를 방 입구 한쪽에 살며시 내려놨다.

개량한복을 입은 강 교수는 널찍한 고동색 교자상 앞에

서 정좌를 하고 앉아 책을 보고 있었다. 벽엔 두 점의 동양화가 걸려 있고, 방 한쪽 구석에는 서너 개의 동양난이 나무의 줄기를 이용해 만든 장식대 위에 자태를 뽐내며 자기 자리를 지키고 있었다. 세영은 강 교수 앞에 다가가 인사드리고 조용히 무릎을 꿇고 앉았다. 강 교수의 얼굴이 가면을 뒤집어 쓴 것처럼 아무 표정이 없었다. 그 모습이 무섭도록 차갑게 다가왔다. 세영은 몸이 자꾸 오그라드는 것 같아 어깨를 쭉 펴보았다.

한참 동안 두 사람 다 아무 말이 없었다. 미동도 없이 가만히 앉아 있는 강 교수 앞에서 마른 침이 목구멍으로 넘어가는 소리만 세영의 귓속을 가득 메웠다. 잠시 뒤, 사모님이 작은 찻상에 인삼차를 두 잔 내왔다. 세영은 겨우 숨을 내쉬었다.

차를 마시고 나도 강 교수는 아무 말이 없었다. 세영은 더 이상 어색함을 참을 수 없어 입을 열었다. 목소리가 기어들어갔다.

"교수님, 제가 이번에 기대해 봐도 될까요?"

"그걸 왜 나한테 물어보죠?"

강 교수가 세영의 두 눈을 똑바로 쳐다보며 어처구니없다는 듯 말했다. 세영의 얼굴 위로 화기가 덮쳤다. 할 말이 있는 거 같은데 도무지 아무 것도 생각이 나질 않았다. 잠시 뒤, 세영은 마비된 듯 경직된 사지를 조금씩 움직이며 천천히 자리에서 일어났다. 강 교수도 따라 일어났다. 방을 나오려는데 과일 바구니가 세영의 눈에 들어왔다. 세영은 아무 생각 없이 과일 바구니를 들어 올려 강 교수에게 살며시 내밀었다.

"필요 없으니 가져가세요."

세영은 순간 자기 귀를 의심했다. 다시 다소곳이 과일 바구니를 내밀었다.

"나를 뭐로 보는 거예요. 필요 없다니까."

"……."

세영이 어리둥절해서 아무 말도 못하고 강 교수를 멍하니 쳐다보았다.

"뭘 어쩌자는 겁니까?"

얼굴을 구기며 강 교수가 따지는 듯 말했다. 세영은 영혼이 압살당한 듯했다. 사지가 오그라들고 입술이 들러붙는 것 같았다.

그날 밤, 원룸에 돌아와 세영은 깡 소주를 마시고 잠이 들었다. 잠을 잘 땐 아무 의식도 없었는데, 새벽녘에 일어나 화장실에 갔다가 다시 침대에 눕자 어제 일이 가슴을 쥐어뜯으며 하나하나 떠올랐다.

J대에 기대를 가졌던 건 분명히 강 교수가 시간강의를 주면서 교수 티오가 둘 있는데, 한 명은 자기가 결정할 수

있다고 한 말 때문이었다. 그렇다면 어제 저녁 강 교수가 마치 아무 언질도 주지 않은 것처럼 행동한 건 도대체 어찌된 일일까. 과연 무슨 의미일까.

세영은 한참 동안 뭍에 올라온 물고기처럼 가슴을 벌렁거리며 온몸을 뒤척였다. 더 이상 참기 어려워 침대에서 벌떡 일어났다. 잠시도 쉬지 않고 계속 조그만 방 안을 왔다 갔다 했다. 그러다 불현듯 제자리에 멈춰 섰다.

그러니까 결국 강 교수는 나에게 무언가를 원한 것이 분명하다. 그래서 나에게 스스로 결정할 수 있다는 정보를 주었는데, 내가 아무 것도 해주질 않은 거였다. 그렇다면 그게 무엇일까?

세영은 다시 방안을 정신없이 걷기 시작했다.

그래, 그건 아마 둘 중의 하나일 거다. 누구나 얘기하듯이 돈이거나 아니면 똘마니 비서 노릇. 청렴을 부르짖는 사람이니까 돈은 아니라고 치면? 아, 그래서 세영을 바라보는 강 교수의 시선이 곱지 않았던 것이었을까?

세영은 지독한 분노와 낭패감을 느꼈다. 세영은 강의와 T연구소 총무 활동에 너무 바빠 H연구소 활동을 등한히 한 것을 기억해냈다. 하지만 강 교수는 이 지역에서 내로라하는 진보인사가 아닌가. 이 지역 각종 진보단체 회장 자리를 두루 맡아 왔고, 늘 자기 자신이 가장 깨끗하고 가장 의식이 투철한 사람임을 온 몸으로 드러내며 다니는 사람이지 않은가.

세영은 창가로 가서 차가운 창문에 이마를 갖다 댔다.

아냐, 내가 잘못 생각한 건지도 모른다. 하나밖에 없는 티오. 그렇게 중요한 자리를 아무에게나 주고 싶진 않겠지. 그렇다면 도대체 어떻게 해야 된단 말인가. 돈이나 똘마니 노릇, 둘 다 할 수 없다는 걸 절감한다. 그럴 재능도, 그러고 싶은 마음도 나에겐 없다. 온몸에서 모든 기운이 다 빠져나간다. 내가 할 수 있는 건 그냥 공부 열심히 하고, 열심히 가르치고, 열심히 논문 쓰는 거밖에 없는데, 도대체 어떻게 해야 한단 말인가.

22.

지난 주말 서울을 떠나던 날, 벌개진 눈으로 울먹이던 수지의 얼굴이 세영의 뇌리에서 떠나질 않았다. 하루빨리 자리를 잡아야 한다는 조급증이 세영을 괴롭혔다. 오랜만에 돌아온 원룸이 을씨년스러웠다. 특히 어두운 밤이 되면 어김없이 서울에 두고 온 수지 생각에 마음이 스산했다. 차라리 아주 바쁜 게 더 나았다. 하지만 T연구소 일을 잡다 한 것까지 혼자 도맡아 하는 바람에 토요일이 돼서야 겨우 서울에 올라갈 수 있을 땐 솔직히 화가 났다. 그때마다 세영은 이 일이 박 교수를 보좌하는 일임을 다시 한번 명심하며 되뇌었다. J대 시간강의도 끊긴 지금, 다른 가능성이 없었다. 시간강의가 줄어들어 원룸 월세에 차비, 식비를 빼고 나면 남는 게 하나도 없었다.

수지의 생일날이었다. 세영은 얼른 T연구소 모임을 끝내고 서울로 올라가자 마음먹었다. T연구소 모임은 생각보다 생산적인 연구 모임은 아니었다. 학제간 연구 모임이라는 거창한 명칭에도 불구하고 실제로는 그저 박 교수를 아는 몇몇 교수들 모임의 성격이 더 강했다. 논문을 발표하는 사람도 주로 세영과 몇 안 되는 젊은 강사들이었다. 거창하게 논문 발표라고 하지만 실상은 전국규모의 학회에서 발표할 논문을 준비하는 소논문 발표에 머무는 경우가 많았다. 게다가 젊은 강사들의 논문 발표가 교수들에게 잘 보이기 위한 성격에서 크게 벗어나지 못한 것 같아 세영은 가끔 답답했다. 세영은 이 모임에서 벌써 크고 작은 논문을 세 번이나 발표했다. 오늘 모임도 논문 발표 후 토론이나 별다른 논의 없이 결국 교수님들 신상 이야기나 세상 돌아가는 이야기로 채워졌다. 세영은 어서 빨리 끝나기만을 기다렸다.

그런데 박 교수가 갑자기 오늘 이 지역 유명인사인 H 인권변호사 출판기념회가 J시에 있다며 다 같이 가자고 했다. 세영이 머뭇거리자, 박 교수가 이 지역의 내로라하는 학계, 문화계 인사들이 다 모일 거라고 했다. 그리고 이 지역에서 지내려면 이런 분들을 잘 알고 지내야 한다고 덧붙였다. 세영은 달리 선택할 수가 없었다.

핸들을 잡은 박 교수 옆 조수석에 세영이 타고 하 교수와 고 교수는 뒷좌석에 탄 채 가까운 J시로 향했다. 세영은 혹시 그곳에서 J대 강의수 교수를 볼까 봐 마음이 불편했지만 내색할 수는 없었다. 박 교수가 J대 교수들에 대해 불만을 터뜨렸다.

"가긴 가는데, 참 그 꼴을 또 보게 생겼네요."

"진보 인사입네 하면서 거들먹거리는 꼴이란. 자기들 없으면 이 동네가 무너지는 줄 알잖아, 내 원 참."

하 교수가 혀를 차며 말하자 고 교수가 한 마디 보탰다.

"실력이나 있으면 내가 아무 말도 안 하겠어요. 그 자는 박사학위도 없잖아요. 공부는 하나도 안 하면서 우르르 몰려다니기나 하고."

이 좁은 지역에서도 갈등이 참 심하구나, 창밖을 보며 세영이 생각했다.

행사는 길지 않게 금방 끝났다. 박 교수가 세영을 데리고 오늘의 주인공인 H 변호사 옆으로 다가갔다. 화제의 인물답게 적지 않은 사람들이 그분을 둘러싸고 있었다. 머리가 희끗희끗하고 키 작고 가냘픈 몸매의 H 변호사는 형형한 눈빛 때문에 퍽 인상적이었다. 유머도 뛰어나 몇 마디 말할 때마다 주위 사람들이 동시에 폭소를 터뜨리는 모습이 보기 좋았다. 박 교수가 H 변호사에게 인사를 하고 세영을 소개시켜 주었다. 박 교수가 세영을 독일에서 공부하고 온 인재라고 말하자, H 변호사도 가볍게 인사했다. 박 교수가 옆에 있던 젊은 여기자인 우 기자에게 세영을 소개했다. 세영은 그녀의 얼굴에서 순간적으로 비웃는 듯한 표정이 얼핏 스쳐지나가는 걸 보았다. 별로 기분이 유쾌하진 않았지만 신경 쓰지 않고 한쪽 구석에 물러나 사람들을 관찰하기 시작했다.

저쪽에서 강 교수가 박 교수와 인사를 나누는 모습이 눈에 들어왔다. 멀리서 봐도 그저 예의상 하는 인사로 읽혔다. 순간 강 교수가 세영 쪽으로 고개를 돌렸다. 불쾌감이 빠르게 세영의 뇌수를 통과했다. 세영의 시선이 저절로 다른 곳을 향했다. 박 교수 역시 고개만 까딱하고 H 변호사 쪽으로 걸어갔다. 세영은 박 교수가 몇몇 인사들에 대해 불만을 터뜨린 이유를 이해할 것 같았다. 강 교수와 몇몇 J 대 교수, 그리고 우 기자는 그 많은 사람들 중에서도 그들만의 독특한 태도로 금방 눈에 띄었다. H 변호사를 둘러싸고 서 있는 그들은 다른 사람들, 특히 D대 교수들하고는 거의 눈빛도 마주치지 않고, 말도 섞지 않았다. 자기 사람들을 제외한 다른 사람들이 말을 걸거나 인사를 하면 그저 건성으로 반응할 뿐, 곧 자기들끼리만 속살거리듯 말을 주고받거나 폭소를 터뜨리곤 했다. 그들의 행동은 아주 은밀하고 교묘했으나 자존심에 예민한 촉각을 지닌 사람에겐 다 드러날 수밖에 없을 정도로 명확한 것이었다. 까마귀 노는 곳에 어쩔 수 없이 자리를 함께 한 몇 마리 학처럼 그들의 얼굴엔 마치 오로지 우리만이 진리를 대변하며, 우리가 하는 활동만이 의미 있고, 우리하고 다른 당신들은 잘못 살고 있다고 말하는 듯 독선적인 표정이 가득했다. 그들의 지독한 편가르기식 태도와 자폐적인 자기만족이 세영에겐 어이없을 정도로 유아적으로 보였다.

세영은 박 교수와 하 교수에게 인사하고 일찍 자리를 떴다. 바로 옆에 강 교수와 우 기자가 이야기를 하고 있었다. 세영이 두 사람에게 방해하지 않으려고 가볍게 목례를 하며 지나가려는데, 천을 찢는 듯 거친 우 기자의 목소리가 귀에 들어왔다.

"나는 이 지역 출신 사람이 아니면 절대 진정으로 이 지역을 위해 일하기는 어렵다고 생각해요."

세영은 그녀의 말투에서 이유 없는, 거만스러운 적의를 감지했다. 그 말이 분명 자기를 보고 하는 말인 것 같아 황급히 그 자리를 떴다. 세영은 아무 잘못 없이 뒤통수를 한 대 맞은 느낌이었다. 하지만 그보다, 저토록 배타적인 태도로 얼마나 사회의 진보에 기여할 수 있을까, 하는 회의감이 더 오래 세영의 마음을 휘저어 놓았다.

헐레벌떡 고속버스에 오르니 창밖엔 어느새 땅거미가 내려앉았다. 차창 밖으로 짙은 군청색 저녁 하늘 아래 나무들이 씻을 수 없는 회한에 잠긴 듯 말없이 스쳐지나간다. 세영은 만약에 자기가 이 지역에 자리를 잡는다고 할지라도 저 사람들하고 함께 활동하기는 쉽지 않겠구나, 하는 생각이 들었다. 기분이 신산하고 씁쓸했다. 마치 풀 한 포기 없는 망망한 모래사막에서 혼자 바람을 맞는 듯하다. 한쪽은 지나치게 윤리적으로 해이해져 있고, 다른 한쪽은 과도한 독선과 아집으로 똘똘 뭉쳐 있다. 윤리적 빈곤, 아니면 윤리적 탐욕이다. 왜 인간은 항상 이쪽, 아니면 저쪽으로 심하게 휩쓸려 있을까, 그 어느 쪽도 세영이 마음 편하게 함께 하고픈 사람들이 아니다. 세영은 지금 이 순간, 그저 마음이 맑은 사람들이 몹시 그립다. 순간 민우의 선량한 미소가 떠올랐다. 안에서 통증이 왔다.

오랜만에 집에 돌아오는데 밤이 너무 늦었다. 세영은 걸음을 재촉했다. 오늘 따라 스산한 가을바람이 얼굴을 때리며 뼛속을 헤집고 들어왔다. 문득 독일에서 겨울의 전령처럼 찾아오던 가을바람이 생각났다. 아마 리포트를 작성하느라 늦었을 것이다. 저녁 어스름을 배경으로 수지를 부둥켜안고 집으로 돌아오던 날이었다. 화살촉처럼 예리한 바람이 어느 순간 폭풍우 되어 세영과 수지를 사정없이 밀어내던 날, 세영은 등으로 바람을 가리며 중얼거렸다. 이 세상 그 누구보다 수지를 더 잘 길러 내리라. 그 누구보다 영특하고, 따뜻하고, 섬세한 멋진 인간으로 길러 내리라.

수지의 호기심에 반짝거리는 새까만 눈동자를 떠올리자 세영의 발걸음이 절로 빨라진다. 수지 생일날인데 아무래도 너무 늦었다는 생각이 들었다.

다급한 마음으로 현관문을 열고 세영이 들어오는데, 엄마의 얼굴 표정이 좋지 않았다.

"엄마, 나 왔어. 수지는? 아빠는?"

"수지도 자고, 아빠도 주무신다."

엄마의 목소리가 가래가 잔뜩 낀 것 같은 목소리다. 며칠 만에 본 딸이 별로 반갑지도 않은 표정이다. 아니 속으로 화를 꾹 참고 있는 게 분명했다.

"늦어서 미안해, 엄마."

세영이 옅은 미소를 띠며 말했지만 엄마는 허탈한 표정으로 한숨만 길게 내쉬고 방으로 들어가 버린다. 대역 죄인이 된 기분이다. 세영은 얼른 가방 속에서 수지가 좋아할 만한 필기구들을 예쁘게 포장한 생일선물을 꺼내 들고 수지 방으로 들어섰다.

수지는 잠들어 있고, 책상 위에는 미술 숙제인 듯 남자의 얼굴을 그린 도화지가 놓여 있었다. 검은색 크레용으로 큼지막하게 그려 놓은 얼굴 안에 반듯한 반달 모양의 눈을 가진 남자가 입을 역삼각형으로 벌린 채 웃고 있었다. 그 옆에 펼쳐진 공책이 세영의 눈에 들어왔다.

보고 싶은 우리 아빠께.

아빠, 안녕하세요?
아빠, 저 처음 아빠한테 편지를 써요.
아빠, 오늘은 제 생일날이에요.
아빠, 엄마가 오늘도 늦으시네요.
아빠, 오늘 학교에서 미술 시간에 아빠 얼굴을 그리라고
했어요. 아무 것도 할 수 없어 그냥 있으니까 선생님이 그
럼 할아버지 얼굴을 그리라고 해서 할아버지 얼굴을 그렸

어요.

아빠, 엄마는 아빠가 돌아가셨다고 했어요. 말할 수 없이 섭섭했어요.

아빠도 제가 보고 싶으세요? 전 정말 아빠가 많이 보고 싶어요.

아빠를 볼 수 없어서 너무 너무 속상해요.

이다음에, 아주 아주 이다음에 아빠를 볼 수 있을까요?

그때까지 절 기다려 주실 거죠? 꼭 기다려 주셔야 돼요.

전 아빠한테 하고 싶은 얘기가 아주 많아요.

아빠, 아빠는 어떤 사람이세요?

엄마는 아빠 얘기하는 걸 싫어해요. 그게 저의 불만이에요.

그래도 아빠, 너무 걱정하지 마세요. 저도 아빠가 있는 거나 마찬가지예요. 저한텐 할아버지가 아빠예요.

근데 아빠, 제가 하나만 부탁해도 될까요?

한번만, 딱 한번만 제 꿈속에 나타나셔서 아빠 얼굴을 한 번만 보여주세요. 꼭 부탁이에요, 꼭이요.

집에서 엄마를 기다리다가 한번 아빠 얼굴을 그려봤어요. 마음에 드시는지 모르겠네요.

아빠, 그럼 나중에 뵐 때까지 안녕히 계세요.

아빠를 사랑하는 아빠의 딸 수지가

23.

세영은 가을 학기 내내 우울했다. 충분히 쉬지도 못하고 여름방학이 끝나버린 듯한 느낌이었다. 방학인데도 학회 일로 두어 번 D시로 오르내리다 방학이 금방 끝나버렸다. 당연히 수지와 같이 있는 시간이 충분치 못했다. 게다가 이번 J대 일로 끓어오르는 분노와 피가 다 빠져나간 듯한 무력감이 교대로 세영을 집어삼키곤 했지만 속마음을 털어놓을 사람이 없었다. 전과 다르게 세영은 간혹 민우에 대한 강한 배신감에 휩싸일 때가 있었다. 도대체 무슨 이유 때문인지 가타부타 아무 말도 없고 전혀 연락도 안 되다니. 하지만 그러면 그럴수록 결국 세영은 자기의 약한 마음을 탓했다. 자기도 모르는 새 그에게 정신적으로 이토록 의존해 있었다니, 어처구니가 없었다. 자기에겐 그럴 권리도 없고, 또 그럴 만한 상황도 아니었다.

이제 기다리던 겨울방학이 시작됐지만 집안 분위기는 이상할 정도로 차분히 가라앉아 있었다. 어린 수지까지 어리광이 많이 사라진 듯 조용했다. 회색빛 겨울하늘을 닮은 날들이 이어지고, 세영은 이제 며칠 있으면 Y시로 다시 내려가야 했다. 짐을 싸기 전날, 세영 엄마가 오늘 우리 식구 다 같이 저녁 한번 먹자고 했다.

선영이 민철을 데리고 오자 수지가 오랜만에 활기를 되

찾았다. 밥을 먹기 바쁘게 수지와 민철은 수지 방에 들어가 버렸다. 세영은 설거지를 하면서 바로 지금이 차일피일 미루었던 말을 꺼낼 기회라고 생각했다. 선영이 사과를 깎아 올려놓은 식탁 앞에 세영이 앉자, 세영 엄마가 무슨 할 말이 있는 것 같았다. 세영이 먼저 용기를 냈다.

"저, …… 이번에 J대에 안 됐어요. 죄송해요."

갑자기 식구들 얼굴이 완전히 얼어붙었다. 포크로 사과를 찍으려던 세영 엄마의 손이 그대로 식탁 아래로 내려가자 포크가 바닥으로 떨어졌다. 아무도 입을 열지 못한 채 미동이 없었다. 세영이 포크를 주워 식탁 위에 올려놓고, 억지로 입안에 들어 있는 사과를 씹었다.

"그래, 괜찮다. 다른 데도 있잖니."

침묵을 깨며 세영 아빠가 착 가라앉은 목소리로 부드럽게 말했다. 세영은 어디 쥐구멍이라도 들어가고 싶었다.

잠시 아무 말도 없던 세영 엄마가 심각한 표정으로 입을 열었다.

"그러지 않아도 네가 아무 말 없어 대충 짐작은 했다. 세영아, 넌 아니라지만 내가 알기로 그냥 교수되는 거 아니라더라. 너도 한번 생각해 봐. 우리가 뭐 아니?"

"언니, D대엔 박 교수님이 힘이 있다며."

선영이 언니의 눈치를 살피며 한마디 했다.

"으응." 세영이 마지못해 대답했다.

"그러면 한번 D대학 연구소에 지원금을 내볼까? 한 천만원 정도."

급하게 말을 토해낸 엄마의 얼굴이 속이 후련하다는 듯 밝아졌다.

"근데 그 정도 갖고 될까? 한 이천만원은 해야 되지 않을까 모르겠다."

다시 금방 어두워진 얼굴로 엄마가 세영의 표정을 살피며 말했다. 세영의 이마에 주름이 잡혔다. 세영은 잠시 머리를 굴렸다. 세영이 입을 벌리자 여섯 개의 눈동자가 일제히 세영에게 쏠렸다.

"그 이상은 싫어요, 엄마. 연구소 활동을 도와주는 거니까 그 정도면 될 거 같아."

"그래, 그래. 내가 뭘 아니? 네가 잘 알겠지. 니 아빠가 힘이 있으면 네가 벌써 교수 되고도 남았지, 휴……."

위로 올라간 세영 엄마의 어깨가 긴 한숨 소리와 함께 내려앉았다. 살얼음이 얇게 덮여 있던 세영의 마음에 금이 가기 시작했다.

"엄마, 왜 그런 쓸데없는 소리를 하세요."

세영이 말을 마치기도 전에 세영 아빠가 슬그머니 자리에서 일어나 안방으로 들어갔다. 따라서 자리에서 일어나려는 세영의 팔을 잡아끌며, 세영 엄마가 무슨 음모라도 꾸미는 듯 작게 말했다.

"그리고 세영아, 학교엔 네가 미혼모라는 거 절대 비밀로 해, 알았지!"

구겨질 대로 구겨진 세영의 얼굴에 핏기가 가셨다. 꼭 이래야 하는 걸까, 생각하고 있는데 선영이 엄마를 거들었다.

"그래, 언니. 그렇게 하세요."

세영은 고개를 끄덕이지 않을 수 없었다. 어렸을 때부터 입이 무거운 선영까지 간절하게 말하는데 어찌 달리 행동할 수 있겠는가. 세영의 눈앞에 노란 해바라기 같은 수지의 얼굴이 떠올랐다. 수지에 대한 연민이 세영의 가슴을 무겁게 짓눌렀다. 세영은 힘겹게 마음을 돌려 선영을 향해 말했다.

"알았다, 선영아. 여러 가지로 미안해."

"뭘. 엄마가 내는 건데, 뭐. 엄만 어렸을 때부터 언니만 신경 썼잖아."

평소 선영답지 않게 잔뜩 가시 돋친 말투다.

"얘가? 내, 내가 언제?"

휘둥그레진 눈으로 엄마가 세영과 선영을 번갈아 바라보았다.

"누가 그러긴, 엄마가 그랬지.…… 엄만 항상 그랬어. 난 늘 뒷전이었지. 안 그랬어, 안 그랬냐구!"

여태껏 들어보지 못한 선영의 앙칼진 목소리에 세영의

눈이 커졌다.

"야! 너 지금 이 엄마한테 뭐라고 하는 거야."

유리창이라도 깨뜨려 버릴 듯 엄마의 목소리가 쨍, 하니 세영의 가슴을 뚫고 지나갔다.

"엄마가 안 그랬어? 엄마가 안 그랬냐구?"

고개를 바짝 쳐들고 대답하는 선영의 낯선 모습에 벌어진 세영의 입이 다물어지질 않는다.

"그래, 그래, 다 이 못난 어미가 문제지. 내가 문제다. 내가."

세영 엄마가 가슴을 치며 말하자 선영이 두 손에 얼굴을 파묻으며 울음을 터뜨렸다. 엄만 항상 언니만 생각했어, 언니만. 선영이 눈물을 훔치며 혼잣말을 했다.

차츰 선영의 울음소리가 잦아들었다. 엄마가 오만상을 찌푸린 얼굴로 세영을 쳐다보며 말했다.

"아, 아니, 쟤가 왜 저러니, 세영아?"

아무 대꾸도 할 수 없어 세영은 고개를 옆으로 숙였다. 그 순간 엄마가 자리를 박차고 일어나 허리에 두 손을 얹고 핏대를 세우며 큰 소리로 말했다. 세영은 귀가 떨어져 나갈 것 같았다.

"야, 너 왜 그래. 이 엄마한테 왜 그러냐구! 내가, 내가 뭘 잘못했어, 응? 말해 봐, 말해 보라구."

세영은 벌렁거리는 가슴을 누르며 얼른 엄마에게 다가갔

다. 엄마를 뒤에서 부둥켜안고 말했다.

"엄마, 그만 하세요, 제발."

엄마의 거친 숨소리가 세영의 가슴에 그대로 전달됐다. 엄마, 제발, 제발. 세영이 작게 말했다. 차츰 엄마의 숨소리가 잦아졌다. 세영이 엄마의 손을 잡고 엄마를 이끌었다. 참, 별 꼴이네, 별 꼴이야. 내가 참 별 꼴을 다 보며 사네. 세영 엄마가 툴툴거리며 마지못해 움직였다.

세영은 어찌할 바를 몰라 그저 선영의 어깨 위에 손을 얹었다.

늘 돈에 쪼들리며 사는 선영이 없는 돈을 그러모아 또 언니에게 주려는 엄마가 원망스러울 수 있었다. 엄마는 세영이 유학 중에도 독일로 예상 밖의 돈을 보내야 했다. 꼬박꼬박, 그것도 장장 6년 동안이나.

"미안하다, 선영아. 미안해."

세영의 눈가가 젖어드는데, 가슴은 성냥불처럼 타들어갔다.

세영은 열심히 신문을 뒤적거렸다. 신문 공고를 보고 세 군데 서류를 내보았는데, 뜻밖에 한 곳에서 연락이 왔다. 세영은 부리나케 프리젠테이션 강의 자료를 준비하고 꼭두새벽에 일어나 낯선 K시에 내려갔다. 들러리 하러 가는 게 아닌가 하는 걱정이 들었지만 아무리 작은 기회라도 있으면 잡아야 한다고 마음을 다잡았다.

버스에서 내려 택시를 타고 겨우 찾아간 대기실에는 지원자 두 명이 대기하고 있었다. 세영은 마지막 순서로 회의실에 들어가 교수들 앞에서 15분 가량 강의를 하고 질문에 답했다. 밤늦게 녹초로 집에 돌아온 세영의 마음이 편치 않았다. 오늘 대기실에서 본 지원자 한 명의 숨기려 해도 간간이 드러났던, 무사태평한 얼굴 표정이 자꾸 생각났다. 그 사람을 위해 들러리를 섰다가 온 게 확실했다.

예상했던 대로 그 뒤로 그 대학에선 아무 연락도 오지 않았다. 그럴수록 믿을 곳은 D대뿐이라는 생각이 들었다. D대에 대한 기대가 커지면서 그만큼 두려움도 커져만 갔다.

방학 동안 수지는 세영 옆을 잠시도 떠나려 하지 않았다. 할아버지 서점에 함께 놀러 가면 이따금 은근히 커피숍에 갔으면 하는 눈치를 보였지만 이젠 그곳에 가도 민우가 없는 걸 알아 포기한 듯했다. 벌써 몇 달째 민우한테서 아무 연락이 없었다. 이대로 가면 세영도 차츰 민우를 잊을 수 있을 것 같았다. 가슴 깊은 곳에서 아쉬운 미련과 어리석은 불쾌감이 뽀글뽀글 올라올 때마다 세영은 자신을 실컷 비웃어주었다.

24.

윤미는 대학 도서관에서 드디어 마지막 리포트를 다 작성하고 집에 돌아왔다. 비록 석사 논문의 연장선상에서 여러 자료를 짜깁기해 만든 리포트이지만 통과만 되면 박사과정을 마치는 것이다. 윤미는 삼 년 간의 박사과정을 성공적으로 마친 자기 자신이 너무 대견했다. 오늘은 너무 피곤해 아이들 숙제를 검사하지 않고 그냥 화장실로 직행했다. 샤워를 하고 화장대 앞에 앉아 거울을 보는데 그동안의 세월이 꿈만 같았다. 오랫동안 손을 놓았던 공부를 다시 하느라 얼마나 고생했는지 모른다. 그동안 후배들에게 참 아쉬운 부탁도 많이 했다. 다행히 마음씨 고운 여자 후배 한 명이 적잖이 도움을 주었고, 그때마다 잊지 않고 선물공세를 폈다. 이제 박사과정에서 써낸 리포트들을 잘 엮어 박사학위를 써내기만 하면 된다. 뛰어난 논문이라 자부할 수는 없겠지만 어차피 세계적인 석학이 될 건 아니지 않은가. 적어도 형식만큼은 잘 갖춰 하루라도 빨리 논문을 써내는 것이 새로운 목표다.

아이들이 아직은 어려 그나마 가능한 일이었다. 애들 교육이 제일 큰 걱정거리였지만, 다행히 저학년이었고 그때그때마다 맞춤 학원을 구하기 위해 신경을 많이 썼다. 그동안 아줌마는 세 번이나 바뀠다. 이제 겨우 마음에 드는 아줌마를 구해 애들도 요즘은 학원 위주의 생활에 적응을 잘 하는 셈이다. 그동안 친정엄마의 도움이 컸다는 건 물론이다.

이제 제일 중요한, 교수가 되는 문제가 남았다. 윤미는 오늘밤 남편에게 그 문제를 물어보리라 마음먹었다. 자정이 다 돼 들어온 남편에게서 술 냄새가 심했다. 윤미는 어서 빨리 남편이 침대에 와 눕기를 기다렸다.

윤미가 온 신경을 집중해 말을 꺼냈지만, 남편은 다음에 말하자며 등을 돌렸다. 윤미는 발끈했다. 침대를 출렁이며 발딱 일어나 앉아 다그치듯 따졌다.

"당신은 지금 내가 고생하는 게 안 보여?"

"내가 뭐?"

"내가 지금 취미로 공부하는 줄 아냐고?"

"아니, 그건 아니고. 그냥 애들 기르면서 천천히 하면 되지 않냐고."

"내가 분명히 당신한테 말해두겠는데, 나 교수되려고 공부하는 거야."

"알았어, 알았다구. 그게 아마 D 지방대학이라는 거 같은데."

"그래? 그러니까 그 대학 이사장이 고모님 올케 맞지?"

"어."

"나 그 분 만날 거니까 당신도 신경 좀 써 줘."

"당신 고모하고 친하잖아."

"알지만, 당신도 그냥 가만히 있으면 안 되지."

"알았어, 알았어. 제발 이제 그만 좀 자자."

윤미는 세영처럼 박사학위를 갖고도 교수가 되지 못한 사람들이 많다는 걸 잘 알고 있었다. 사실 남편 고모의 시댁 집안이 모 지방대학을 갖고 있다는 걸 몰랐다면 애초에 시작하지 않았을지도 모른다. 그동안 박사과정 때문에 가족 골프모임에 참석은 못 했지만 미래를 위해 때마다 시고모를 따로 모시고 식사를 해왔다.

윤미는 다음 날 바로 이 문제를 상의하기 위해 시고모를 만났다. 시고모가 좋아하는 선물을 사갖고 가서 솔직하게 자기의 처지를 말씀드렸다. 그리고 D대 이사장이었던 남편이 몇 년 전에 암으로 죽자 바로 시고모 올케가 이사장이 됐다는 걸 알아냈다. 천만다행으로 시고모와 올케 사이가 좋았다.

며칠 뒤, 윤미는 시고모와 함께 이사장 댁을 찾아갔다. 지방대학에선 박사과정만 끝내도 시간강의를 주기도 하니까, 그리고 언제 전임을 뽑을지도 모르니까 미리 한 강좌라도 하는 게 낫겠다는 결론을 내렸다. 윤미는 이사장에게 시간강의 한 강좌를 부탁했다. 그리고 어렵지 않게 강의를 따냈다. 이제 또 한 고비를 넘겼다. 그동안 입안에서 단내가 날 정도로 바쁘고 고됐지만, 고지가 얼마 남지 않았다고 윤미는 스스로를 다독였다.

이곳 원룸으로 내려온 지 벌써 일 년이 지났다니, 세영은 믿기질 않았다. 정신없이 바쁘다가 어느 순간 원룸에 혼자 덩그러니 남겨지고, 그럴 때면 어느 것 하나 정해진 것 없는 상황 앞에서 그저 멍한 상태로 시간을 흘려보내곤 했다. 마치 시계 바늘이 한 구간 스피드하게 움직이다가 어느 순간부턴 시나브로 움직이는 듯 했다. 그러다가 금요일 수업이 끝나면 부리나케 짐을 싸들고 서울로 달려가는 생활이 반복됐다. 수지와 부모님껜 늘 미안한 마음뿐이었다. 그래서 세영은 이번 겨울방학을 수지와 둘이서 집과 서점만을 오가며 단순하게 보냈다. 민우에게선 여전히 소식이 없었다.

캠퍼스 안을 들어서는데 3월이 되면 늘 그랬듯이 세영은 또다시 언 땅을 뚫고 올라온 새싹처럼 파릇하고 빳빳한 긴장감을 느꼈다. 마치 자기가 신입생이라도 된 듯 살짝 흥분이 됐다. 올해엔 D대에 특별한 소식이 있을 지도 모른다고 기대해 보면서 다시 초심으로 돌아가자고 스스로에게 다짐하며 걸음을 옮겼다.

이때 세영 옆으로 한 여자가 기운차게 바삐 걸어가는데, 윤미를 닮은 듯했다. 걸음을 멈추고 유심히 쳐다보니 아무래도 분명했다. 앞에서 정신없이 걷던 윤미도 갑자기 제자리에 서더니 뒤를 돌아보았다. 세영은 이번 학기부터 윤미가 이곳에서 시간 강의를 하게 됐다는 걸 알게 됐다. 윤미도 세영이 이 대학에서 강의하는 걸 알게 되자 놀라는 눈치였다. 두 사람은 수업이 끝나고 만나기로 했다.

세영은 기대에 차 캠퍼스 안 박물관 근처 커피숍으로 향했다. 이곳에서 윤미를 만나다니, 윤미하고는 참 인연이 깊다고 생각했다. 전혀 예상치 못한 곳에서 만나는 지인은 이렇게 반가운 거구나, 생각하며 윤미를 기다렸다.

조금 있으려니 윤미가 안으로 들어섰다. 아간 몰랐는데, 윤미는 이전의 웨이브 진 긴머리를 스트레이트 단발로 바꾸고, 하얀 블라우스에 까만 정장을 깔끔하게 차려입은 상태였다. 달라진 윤미의 모습에서 전문직 여성의 분위기가 흠씬 풍겼다. 세영은 얼른 일어나 커피를 주문해서 날라왔다. 두 사람은 서로 몰랐던 근황을 이야기하기 바빴다.

"그래, 그러니 난 얼마나 힘들겠니. 논문 써야지, 애들 길러야지. 죽을 맛이야. 그래도 친정엄마가 계셔서 그나마 다행이야."

세영은 윤미도 참 대단한 애라고 생각하면서 고개를 끄덕였다. 윤미에게 뭔가 기운을 주고 싶은 세영이 그래도 넌 참 복이 많아, 라고 말했다.

"뭐가 복이 많아? 시댁 행사까지 참가하랴 줄줄이 일인데, 얼마나 짜증나는데."

윤미가 신경질 난다는 듯 커피잔을 탁 소리 나게 내려놓으며 말했다. 세영은 그럴 수도 있겠구나, 생각하면서 입을 열었다.

"그래서 유학생일 때가 훨씬 애 기르기가 낫다고 이 선배가 말한 건가 봐. 있잖아, 영국에서 공부한 우리 일 년 위, 이혜숙 선배."

"그래, 그렇다니까. 탁아시설도 잘 돼 있고, 외국에서 시집 걱정을 하겠니, 친정 걱정을 하겠니. 그냥 공부만 하면 되잖아."

"그래, 유학시절엔 그런 문제들에선 벗어나 있지, 완전히. 하지만 다른 문제들이 결코 만만친 않아. 그건 그렇고 지방대에 강의 맡아서 다니기 너무 힘들지 않아?"

세영이 물어보자 윤미가 관심이 없다는 듯 답이 없더니 지나가는 말투로 물었다.

"넌 어때? 여태 아무 소식도 없어?"

윤미의 얼굴에 살짝 비웃는 듯 교활한 미소가 머물다 지나갔다.

"그러게 말이야. 여기저기 내보기는 했는데 잘 안되네."

세영은 왠지 수치심이 느껴져 커피잔을 만지작거리며 말했다.

"이혜숙 선배도 아직 자리 못 잡았지?"

"응. 남편은 벌써 교수됐는데. 사실 그 언니가 더 똑똑했

174

는데, 안 그래?"

"독일에서도 그렇더라. 내가 아는 독일 교수 부인은 남편
보다 학위를 먼저 땄는데 아직까지 출판사에서 일하고 있
어."

"우리 남자 동기들도 다 교수됐잖아."

"그러게 말이야. 서류 낸 곳만 해도 벌써 열 군데는 돼."

윤미의 입가에 미미한 미소가 번져갔다.

"이곳에 원룸까지 얻었다고?"

"응. 왔다 갔다 하는 게 장난 아니니까."

윤미가 고개를 끄덕이더니 빨리 교수님들께 인사드리고
올라가야 한다며 자리에서 일어났다. 세영이 아쉬운 듯 따
라 일어났다.

25.

귀국한 지 벌써 4년이 다 돼 가고 있다니 세영은 믿기지
않았다. 올 한 해는 특별한 일 없이 별다른 의미도, 기쁨도
없이 하루하루가 그저 지나갔다. 세영은 어떤 날은 꽁지에
불붙은 수탉처럼 어쩔 줄 모르게 조급하다가, 또 어떤 날은
우울증에라도 걸린 듯 무기력하고 무감각했다.

오늘은 D대에서 전국 규모의 학회가 열리는 날이었다.
세영은 박 교수가 얼마나 이 학회 회장이 되고 싶어했는지
를 옆에서 보아 왔다. 다행히 지난번 총회에서 학회장이 된
박 교수의 얼굴이 한결 밝아졌다. 이번 학회는 박 교수가
학회장이 되어 열리는 첫 번째 대회라 몇 달 전부터 세영은
열과 성의를 다해 박 교수를 도왔다. 이런 일을 두 번 다시
하고 싶지 않을 정도로 일이 많았다.

학회가 일정대로 별 탈 없이 진행되었다. 저녁 식사가
끝나고 나서야 세영은 비로소 한숨을 돌릴 수 있었다. 두
달에 걸쳐 준비해왔는데, 이제 다 끝나는구나 하니까 긴장
이 일시에 풀어졌다. 학회 일 마무리 때문에 내일이나 서
울에 올라갈 예정인 세영은 원룸에 가서 빨리 쉬고만 싶었
다. 다들 뿔뿔이 흩어지고, 마지막에 박 교수와 이 교수,
세영만이 남았다.

박 교수가 자기 차로 이 교수와 세영을 태우고 기차역에

데려다주었다. 아직 출발 시간이 한 시간 반이나 남아있었다. 박 교수가 세영에게 이 교수님 기차 타실 때까지 잘 모시라고 말하곤 가버렸다. 그동안 이 교수가 박사학위 논문 심사하러 가끔 이곳에 들렀지만 그때마다 세영이 여러 가지 핑계를 대며 합석 자리를 피해왔다. 그런데 오늘은 달리 방법이 없었다.

온종일 잔뜩 찌푸렸던 하늘에서 먼지 같은 눈송이가 흩날리기 시작했다. 곧게 뻗은 길 위, 일자로 늘어선 가로등 불빛의 강도가 거리가 멀수록 점점 약했다. 세영은 뿌연 레몬 빛 불빛 아래 어지러이 휘날리는 눈송이가 비현실적으로 보였다. 아직도 이 도시에 잘 적응이 되지 않았다. 지금 이 거리를 걷고 있는 것이 꿈속인 듯 자기가 여태 살아온 삶도 진짜가 아닌 것 같은 묘한 느낌에 젖어들었다.

나란히 걷고 있는 이 교수의 걸음이 느려졌다. 세영은 이 교수 뒤를 따라 근처 레스토랑 안으로 들어섰다.

이 교수가 와인을 시켰다. 와인이 나오기 전에 이 교수가 담배에 불을 붙였다. 평소엔 멀리하다가 특별할 때만 담배를 피우는 분인 걸 알기에 세영은 은근히 긴장이 됐다. 뭔가 할 얘기가 있는 것 같은 분위기였다. 세영은 차분히 그동안 있었던 일들을 보고하듯 이야기했다. M대에 지원했던 얘기며 T연구소에서 총무로 해온 활동들을 얘기했다.

와인이 나오자, 이 교수가 담뱃불을 껐다. 세영이 이 교수의 잔에 와인을 따랐다. 이 자리에 앉아 있는 자신이 너무 싫고 한심했다.

"이번에 D대에서 교수를 뽑을 예정이야."

하마터면 세영은 와인 병을 떨어뜨릴 뻔했다. 심장이 툭 떨어지는 것 같았다. 그리고 자신이 마치 추운 겨울날, 고급 세단 차창을 내리고 쳐다보는 부자 앞에서 오들오들 떨며 구걸하는 고아처럼 느껴졌다. 세영은 의도적으로 천천히 날숨을 내쉬며 엉덩이를 뒤로 밀어 정자세를 취해보았다. 그리고 애써 범연한 표정으로 이 교수를 쳐다보았다.

"총장이 마침 내 고등학교, 대학교 동기야."

"……."

"학교마다 약간씩 다르긴 하지만, 내가 알기엔 과에서 교수들이 한 사람을 추천하면 이사회에서 최종 결정할 거야. 교수들이 의견을 모으지 못해 두 명을 추천하는 경우도 있긴 하지만. 그런 경우는 총장이 한 사람을 뽑기도 해. 하지만 대개는 교수들이 추천한 사람을 총장이 오케이하면 끝나. 이사회에서는 총장의 의견을 따를 테니까. 다른 이변이 없으면."

이 교수가 서둘러 이야기를 마쳤다. 세영의 표정을 살폈지만 별 변화는 없었다. 자기의 공을 내세우려 하는 것 같아 괜히 겸연쩍었다. 이 교수는 화제를 돌리고 싶었다. 맥주를 쭉 들이켜고 나서 흑단처럼 까만 세영의 머리를 눈으로 쓰다듬으며 말했다.

"박 교수가 그러는데 너 연구소 일을 잘한다고 하더라."

"네에."

"원룸까지 얻었다며?"

"네."

"잘했다. 열심히 하는구나."

"네, 그러려고 해요."

세영이 와인 잔을 만지작거리며 부드러운 목소리로 대답했다. 고개를 들어 이 교수를 쳐다보는 세영의 눈가와 입가에 옅은 미소가 어렸다. 기대치 않던 뜻밖의 미소에 이 교수의 심장 박동이 빨라졌다. 세영이 와인을 한 모금 마시고 잔을 내려놓자 이 교수가 두 팔을 내밀어 세영의 작은 얼굴을 두 손으로 감싸 안았다. 세영의 어깨가 움찔했다. 세영이 상체를 뒤로 밀어내며 얼굴을 빼냈다.

이 교수의 찰랑거리던 마음의 둑이 무너지려 했다. 이 교수는 힘겹게 마음을 다독였다. 이 교수의 표정이 바뀌었다. 진심어린 말투로 진지하게 말했다.

"세영아, 고개 들어봐. 넌 나한테 참 특별한 애야. 처음부터 그랬어. 지금까지 쭉…… 너도 나한테 좋은 감정 있었잖니? 네가 유학가고 그 다음 핸가 베를린에서 만났을 때, 짧았지만 좋았잖아."

조심스러워하며 내뱉는 이 교수의 말꼬리가 살짝 흔들렸

다. 세영의 눈꺼풀이 파닥거렸다. 이마에 주름이 깊게 잡히면서 고개가 다시 밑으로 내려갔다.

"그땐 제가 너무 힘들고 외로워서 실수했던 거 같아요."

이 교수의 가슴 위로 태산 같은 바위가 쿵하고 떨어져 앉았다.

"그래도 나에 대한 네 감정이…… 학부 때부터……."

"물론 교수님을 많이 존경했어요. 배운 것도 많았고…… 하지만 나중엔 많이 부담스러웠어요."

세영의 침착한 목소리에 너덜너덜해진 이 교수의 자존심이 마지막 남은 부분까지 찢겨져 나갔다. 이 교수는 자기 감정을 절제하느라고 안간힘을 썼다.

고문 같은 정적이 흘렀다. 이 교수가 고개를 들어 어둠 속에서 세영의 두 눈동자를 찾아 초점을 맞추었다. 세영의 안색을 살피는 이 교수의 동공이 흔들렸다. 이 교수가 힘들게 물었다.

"니 딸 수지, 혹시?"

이 교수의 말이 채 끝나기도 전에 세영이 고개를 들어 이 교수를 쳐다보았다. 세영의 두 눈이 정색을 하고 이 교수의 두 눈을 마주했다. 세영의 흔들림 없는 강렬한 눈빛에 이 교수의 눈빛이 절로 꺾였다.

"아니에요, 절대."

세영이 무 자르듯 잘라 말했다. 고개가 아래로 푹 꺾이더니 말을 더듬었다.

"그때엔,…… 그땐, 제가 너무…… 너무 외로워서 큰 실
수를 했어요."

"그, 그래도."

이 교수는 자기가 극도로 소심해지는 것을 느끼며 말했
다.

"그러나 이제는 아니에요. 전 교수님이 제게 더 이상 관
심을 가져주시는 게 싫어요. 너무 부담스러워요."

세영의 목소리가 단호했다. 이 교수는 머릿속이 텅 비워
지는 느낌에 아무 말도 할 수 없었다. 세영이 허탈한 표정
으로 창밖을 내다보며 말했다.

"눈이 오는데 너무 늦으면……."

"……."

이 교수의 귀에 세영의 말이 들어오질 않는다.

"아직까지는 많이 오지 않았으니까 괜찮겠지요."

세영이 눈길을 거두며 냉랭한 말투로 말했다. 한참 동안
꼼짝 않고 앉아 있던 이 교수가 세영의 말을 겨우 알아들
었다. 끙, 하며 힘겹게 자리에서 일어났다.

서울로 올라오는 고속버스 안에서 이 교수는 이 세상 모
든 것을 잃어버린 것 같은 기분이었다. 그렇게 기대를 했
건만 세영을 안 만난 것만 못했다. 세영은 왜 이렇게 날

비참하게 만드는지 모르겠다. 분노가 온몸을 폭발시킬 듯 가슴을 압박했다. 사지가 부들부들 떨렸다. 더 화가 나는 것은 이상하게 세영이 매몰차게 나오면 나올수록 오히려 더 집착하게 된다는 것이었다. 이 교수는 진퇴양난의 좁은 늪에 빠져 허우적거리는 기분이었다. 자기 자신이 너무 싫었다. 지긋지긋했다.

창문에 얼굴을 기대고 깜깜한 창밖을 내다보는데, 굵어진 하얀 눈발이 사정없이 창문을 때리며 지나간다. 작은 위로를 받는 느낌이다. 등받이에 머리를 기대고 두 눈을 감았다. 아무 생각도 하고 싶지 않았다.

얼마나 지났을까, 이 교수의 가슴 속에서 모든 흙탕물을 다 증류시켜 낸 듯 순결한 정념이 서서히 타오르기 시작했다. 생명의 빛과도 같은 사랑의 온기가 온몸을 가득 채웠다. 이교수의 작은 두 눈망울이 흔들렸다.

그래, 괜찮아. 세영이 어떻게 나오든, 난 그녀를 사랑한다. 그것으로 충분하다.

이 교수의 두 눈에서 거짓말처럼 눈물이 뚝 떨어졌다. 자기가 눈물을 흘렸다는 사실이 믿기질 않았다. 이 교수는 냉소를 지으며 주먹으로 눈물을 닦아냈다.

어느새 차창을 맹렬하게 때리던 눈발이 잦아들었다. 뭐가 뭔지 분간할 수 없는 어두컴컴한 세상 저 멀리에서 아주 작은 오렌지색 불빛이 새어나오고 있다. 어느 시골 단란한 농가에서 흘러나오는 불빛이리라. 순간 어릴 적 당신 무릎을 베고 누운 아들의 머리를 한없이 쓰다듬어 주던 엄마의 손길, 그 따사로운 감촉의 느낌이 불쑥 튀어올랐다. 검은 산등허리 한 자락, 희끄무레한 작은 농가 속에 한 사람. 그 상상 속 형체가 일찍 세상을 떠나버린 엄마의 환영인 듯 그려졌다. 오로지 자기 외에는 아무 존재에도 관심은커녕 인지조차 하지 못했던, 자기 아들마저 남과 다름없는, 고립무원의 무조건적 탐욕의 세계에 갇혀 있었던 아버지와 그 너머 속세를 초월한 듯 살았던 엄마. 지금 이 순간 어린 나를 내려다보며 슬픈 듯 미소 짓던 엄마가, 이따금 창문을 내다보며 한숨을 쉬곤 하던 그녀가 너무 그립다. 어린 마음에도 그 눈동자가 얼마나 안쓰러웠던지 모른다. 이 교수는 그동안 자기가 어떻게 그렇게 오랫동안 엄마를 잊고 살아왔는지 믿기질 않았다. 엄마가 살아 계셨다면 아마 내 인생이 덜 외로웠으리라.

그러고 보니 세영은 어쩌면 우리 엄마를 닮은 것도 같다.

깜빡 잠이 든 이 교수가 눈을 떴을 땐 온통 칠흑 같은 어둠 속에 성긴 눈발이 희끗희끗하게 허공 위를 떠돌고 있었다. 불현듯 이 교수의 뇌리에 세영의 말을 곧이곧대로 믿을 수는 없지 않을까, 하는 생각이 촛불처럼 타올랐다.

그래, 수지는 내 딸일지도 모른다. 그래, 그렇다고 치자. 그래서 어떻단 말인가? 아니, 그래도 수지가 내 딸이라면 세영은 영원한 나의 여자다. 그렇지만 이 사실을 인정하지 않는 세영의 모습이 철옹성처럼 떡 하니 눈앞을 가로막는다. 숨이 막힌다. 창문을 깨고 나가 하얀 눈밭 위를 밤새도록 맨발로 내달리고만 싶다.

원룸을 향해 걷는 세영은 이 교수와의 질긴 악연에 치를 떨었다. 오랫동안 고이 잘 버텨내고 있었던 마음의 둑이 무너져 내려, 자책감의 홍수가 그대로 세영을 집어삼켜 버렸다. 거센 물살에 떠밀리듯 세영은 아무 방향 감각 없이 그저 발걸음을 옮겼다. 갑자기 발자국을 뗄 수 없을 만큼 숨이 턱, 막혀 온다. 걸음을 멈추고 가쁜 숨을 토해냈다. 가슴이 울렁거리고 먹은 게 올라오려 한다. 옆에 있는 가로등을 붙잡고 속을 뱉어냈다. 목구멍만 아플 뿐, 아무 것도 나오지 않는다. 머릿속이 핑그르르 한 바퀴 돈다. 어지럽다. 마른 침을 한번 더 뱉어내곤 다시 걸음을 옮긴다.

거세진 눈발이 이리저리 휘몰아쳤다. 아무리 떼어내려 해도 떼어지지 않는 내 과거와는 도대체 언제나 이별할 수 있단 말인가. 내 삶의 기쁨이자 기둥이자 중심인 수지가 용서하기 어려운 내 과거의 산물이라는 이 이율배반을 도대체 어찌할 것인가. 끊어내려고 해도 끊어낼 수 없는 그 사람의 그림자를 어찌할 것인가.

세영은 미친 여자의 머리카락처럼 나부끼는 함박눈의 군

무 속을 그냥 정처 없이 걸었다. 이대로 쭉 걸어가 스스로 이 지상에서 완전히 사라져버렸으면 하는 간절한 소망이 세영을 덮쳤다. 칼을 맞은 듯 숨이 막히고 온몸이 경직된다. 세영은 그 자리에 그대로 멈춰 섰다. 세영의 볼에 하얀 눈송이가 날아와 붙는다. 뜨거운 눈물방울과 만나 차가운 물방울이 되어 뚝 떨어진다. 세영은 손바닥으로 눈물을 닦아 내곤 갈 길이 바쁜 사람처럼 걸음을 재촉했다.

얼마쯤 걸었을까, 세상을 휩쓸던 거센 눈송이들이 거의 다 사라져 버렸다. 가늘어진 눈들이 찢겨진 새털처럼 공중을 둥둥 떠다닌다. 정신을 차려보니 시외버스 정거장 앞이다. 희붐한 가로등 불빛 아래 온 시내가 침묵하고 있다. 영화 세트장처럼 하얀 카페트가 깔려 있는 거리가 텅텅 비어 있다. 세영은 불빛이 새어 나오는 구두 가게 앞에 멈춰 섰다. 쇼윈도 속에 삼십대로 보이는 한 젊은 여자가 열심히 신발들을 정리하고 있다. 빨리 끝내고 집으로 가려는 동작이 역력하다. 집에서 기다리고 있을 가족을 위해, 아이를 위해 그녀의 손끝이 춤을 춘다. 세영이 그 동작을 숨 죽여 보고 있는데, 안에 있는 여자가 고개를 들더니 세영을 쳐다 보고 씩 웃는다. 예쁜 미소다.

그래, 세영아, 괜찮아. 넌 널 용서할 수 있어. 너도 나약할 수 있고, 실수할 수 있잖니. 용서해주자. 조금만 더 참자. 언젠가 이 괴로움도 반드시 끝이 날 거다.

26.

　세영은 기말 성적표와 출석부를 챙겨 D대에 왔다. 사회
대 교수연구동을 향해 걸어가는데 계속 심장이 벌렁거렸다.
며칠 전에 과 교수회의가 있었다는 걸 알게 된 뒤부터 마
음의 평정을 잃어버린 상태였다. 이때 이 대학 출신인 배
강사가 재빠른 걸음으로 세영 옆을 막 지나치려 하고 있었
다. 세영은 반갑게 인사하고 함께 걸음을 옮겼다. 막연한
사이는 아니지만 아무 말 없이 나란히 걷는 게 멋쩍어 세
영은 성적은 다 끝내셨냐고 물었다. 배 강사는 아무 대답
도 없었다. 세영이 살짝 고개를 돌려 쳐다보니 배 강사의
사각턱이 딱딱하게 부어오른 듯 몹시 화난 모습이었다. 세
영과 말을 섞기 싫어하는 표정이 역력했다. 배 강사가 인
사도 하는 둥 마는 둥 제대로 대답도 하지 않고 앞장서 걸
어가 버렸다. 세영은 걸음을 천천히 하면서 그의 이상한
행동에 대해 생각했다.

　이 대학에도 타 대학 출신 교수들과 이 대학 출신 교수
들의 신경전이 심하다는 걸 세영도 알고 있었다. 세영은
배 강사가 자기를 라이벌로 생각하고 있다는 걸 이제야 깨
달았다. 전에도 왠지 모르게 세영만 보면 화색이 금방 어
둡게 바뀌는 모습을 보았던 기억이 났다. 세영은 처절한
생존의 문제 앞에서 서로의 이해가 엇갈릴 수밖에 없는 현

실이 안타까웠다. 게다가 명문대 출신에 외국 박사인 여자에게 그가 열등감을 느꼈으리라는 생각이 들었다. 세영은 이곳에 내려와 지방대 학생들이 극심한 상대적 박탈감에 시달리고 있는 것을 이미 충분히 봐왔다. 자기가 의도치 않게 타인에게 심리적 피해를 주는 사람이 되어 있다니, 아침부터 마음이 심란하고 심산했다.

세영은 과 사무실에 들러 조교에게 봉투를 제출한 뒤, 박 교수의 연구실을 노크했다. 그런데 웬일로 연구실 문이 잠겨 있었다. 차기 총장을 염두에 두고 있는 박 교수는 늘 자기 연구실 문을 열어놓고 모든 교수들의 방문을 환영했었는데, 이상했다. 잠시 머뭇거리다 세영은 하는 수 없이 계단을 내려와 일층 복도 끝에 있는 하 교수의 연구실에 노크했다. 하 교수와는 T연구소 활동을 하면서 제법 스스럼없는 사이가 되어 있었다.

하 교수가 세영이 자기 방에 들러준 것에 대해 반색을 하고 반겼다. 세영이 소파에 앉기 바쁘게 얼른 자리에서 일어나 차를 타 내왔다.

"박 교수님이 연구실에 안 계셔서 이렇게 왔어요. 바쁘실 텐데. 죄송합니다."

"무슨 말씀이세요. 유 선생이 이렇게 왕림해주면 나야 언제든 대환영입니다. 언제나 제 방에 오시나, 했습니다, 하하하. 언제 한번 저랑 필드에 같이 가시죠."

"아, 네…… 제가 골프를 못 쳐서요. 죄송합니다. 저, 그런데 어제 과회의가 어떻게 됐는지 궁금해서요."

"아, 하. 그래서 오셨구나, 어쩐지."

하 교수의 얼굴에서 갑자기 미소가 사라졌다. 하 교수가 한 손으로 턱을 쓰다듬으며 말했다. 긴장할 때 나오는 버릇이었다.

"그런데 참 이상해요, 박 교수가 학과장이니까 난 당연히 박 교수가 유 선생을 밀 줄 알았지. 그런데 아무 소릴 안 하는 거야. 저쪽 황 교수도 배 강사를 미는 걸로 알고 있는데 아무 소리도 없고. 결국 다음 주로 회의가 연기됐어요. 그래도 박 교수가 확실하게 밀면 저쪽은 양보하거든. 다음 기회를 위해서."

이 대학 출신인 황 교수가 이 대학 출신인 자기 제자를 밀려고 한다는 것은 세영도 이미 알고 있었다. 그런데 박 교수의 처신이 너무 의외여서 세영은 입을 다물 수가 없었다.

"누구 눈치를 보는 건지. 나 원 참."

하 교수가 연신 고개를 갸우뚱하며 차를 마셨다. 세영의 얼굴이 싸늘히 식으면서 백묵처럼 새하얘졌다.

"우리 유 선생이 얼마나 박 교수 일을 많이 도와줬는데."

하 교수가 혼잣말을 하듯 말했다. 세영은 감사하다고 꾸벅 인사하고 일어났다. 왜 벌써 일어나냐, 며 붙드는 하 교수를 뒤로 하고 방을 나오는 세영의 뒤통수를 향해 하 교수가 힘내라고 큰 소리로 말했다.

세영은 캠퍼스 안을 하염없이 걸었다.

눈을 들어 보니 주차장에 남아있는 차들도 거의 다 사라졌다. 허연 냉기 속에 헐벗은 겨울나무들만 텅 빈 캠퍼스를 지키고 서 있었다. 몇몇 대학 건물에 불이 켜지고 가로등에 일제히 빛이 들어왔다. 세영은 갑자기 무언가에 쫓기는 사람처럼 달리듯 걸어 나가 택시를 집어탔다.

세영은 시내 단독주택가에 위치한 박 교수의 이층 벽돌집 앞에 섰다. 어두컴컴한 골목길, 전봇대 가로등만이 비좁은 길을 비추고 있었다. 다행히 지나가는 사람이 하나도 없었다. 세영이 손을 들어 벨을 누르는데 손가락 끝이 사정없이 떨렸다. 세영의 목소리를 들은 박 교수가 문을 열고 나왔다. 순간 세영은 자기도 모르게 박 교수 앞에 무릎을 꿇고 고개를 푹 숙였다. 당황한 박 교수가 얼른 허리를 숙여 세영의 어깨를 잡으며 말했다.

"아니, 유 선생. 이게 무슨 일이야."

"교수님, 부탁드립니다."

세영은 일어나지 않은 채 고개를 더 숙이며 말했다.

"아, 참. 이게 무슨."

"뭐든지 다 하겠습니다."

"……."

"한번만, 이번에 한번만 도와주세요."

"무… 무슨. 거 걱정하지 말아요. 나도 최선을 다하니까. 이게 무슨 일이야. 어서 일어나요."

오페라 극장용 샹들리에 불빛이 휘황찬란한, 커다란 대학 강당 안이었다. 세영은 검붉은 비로드 보가 늘어진 테이블 앞에 앉아 있는 교수들을 마주보고 서 있었다. 높다란 단 아래에는 강당 가득 독일 학생들이 기다란 나무 의자 위에 빼곡이 앉아 심사과정을 지켜보고 있었다. 검은색 가운 위에 붉은색 후드를 걸친 베르크만 교수가 세영에게 질문을 했다. 교수의 마름모꼴 박사학위 모자에서 늘어진 황금빛 금술이 흔들리는 모습을 본 순간, 세영은 갑자기 독일어가 생각나질 않았다. 베르크만 교수의 입가가 앙 다물어지고, 옆에 있는 이호철 교수의 이마에서 진땀이 배어나오고 있었다. 분명히 어렵지 않은 문제였다. 세영은 다시 한번 머리를 쥐어짜보았다. 아무 소용이 없었다. 다른 심사위원들이 수군대며 세영을 쏘아보기 시작했다. 강단 아래 학생들도 부릅뜬 눈으로 세영을 노려보며 노골적으로 세영에게 손가락질을 해대기 시작했다. 바로 그때, 천장에 달려 있던 샹들리에가 사방으로 빛을 흩뿌리며 세영의 정수리 위로 내리꽂혔다.

아악, 세영은 잠에서 깨어났다. 벌떡 일어나 헉, 헉, 숨을 몰아쉬었다. 머리가 척척해져 있었다. 고개를 들어 두리번거리니 유리창 밖 하늘이 아직 시커먼 어둠을 머금고 있었다. 아직은 아니다, 세영은 진이 빠졌다. 이마에 땀을 닦으며 다시 눈을 감았다. 이내 혼절하듯 다시 잠에 빠져들었다. 어디선가 닭 울음소리가 들려왔다. 깜빡 일어나 보니 희끄무레한 여명이 방안을 가득 채우고 있었다. 세영의 마음에 지진이 일었다. 머리를 망치로 한 대 얻어맞은 듯한 기분이었다. 세영은 갑자기 무언가에 쫓기듯 발딱 일어나 좁은 방안을 쫓기듯 걸어 다니기 시작했다.

세영은 오전 내내 망설였다. 핸드폰을 몇 번이나 집었다 내려놓았다. 결국 알 수 없는 어떤 힘에 이끌려 핸드폰을 열어 이호철 교수에게 전화했다. 전화를 받는 이 교수의 목소리가 놀라움과 반가움에 머뭇대더니 그것도 잠깐, 전투를 목전에 둔 장군처럼 바짝 긴장하기 시작했다. 세영은 지푸라기라도 잡는 심정으로 하 교수에게서 들었던 과회의 소식을 전했다. 전화를 끊자마자 세영의 가슴이 수치심과 열패감으로 요동치기 시작했다. 세영은 두 손으로 얼굴을 감쌌다. 흐느낌이 손가락 사이로 새어나왔다.

27.

요즘 들어 아빠의 쇠약한 모습이 자꾸 세영의 눈에 밟혔다. 전보다 걸음걸이가 더 쩔뚝거리고 간혹 미세하게 발음이 어눌할 때도 있었다. 당신은 괜찮다고 하지만 통증을 숨기기 어려워하는 아빠의 모습을 목격한 세영이 내일이라도 아빠를 모시고 병원에 가야겠다고 생각했는데, 아니나 다를까 아침에 화장실에 들어간 아빠가 쓰러졌다. 119를 부르고 급하게 수술을 하게 됐지만, 의사는 결과를 자신 없어 했다. 허혈성 뇌졸중으로 혈전을 녹이는 약물을 이용해 막혀 있는 혈관을 다시 뚫을 수밖에 없는데, 효과도 회복도 자신이 없다는 것이었다.

수술실 밖에서 엄마와 나란히 앉아 대기하고 있는 세영은 혼이 빠져나간 듯했다. 좀 더 빨리 서두르지 못한 자신을 자책하고 있는데 갑자기 내일 T연구소 모임이 있다는 게 생각났다. 깜빡 잊을 뻔하다니, 전에 없던 일이었다. 세영의 머릿속이 분주히 움직였다. 오늘 내로 논문집이 제대로 나왔나 확인하고 내일 학회에 참여하고 학회가 끝나자마자 바로 서울로 올라와야겠다고 마음먹었다. 세영은 얼른 핸드폰을 열어 선영에게 자기의 일정을 알렸다.

이번 T연구소 모임에 아주 이례적으로 이 교수가 참석했다. T연구소 모임은 이 지역 교수들의 모임이기 때문에 지금까지 이 교수가 참석한 적은 한 번도 없었다. 세영도 속으로 놀랐지만 박 교수도 세영 못지 않게 놀라는 모습이었다. 그래서인지 오늘따라 학회 분위기가 묘하게 껄끄러웠다. 무엇보다 모임 내내 박 교수의 태도가 평소와 많이 달랐다. 이 교수와 눈을 잘 마주치지 않으려 하고, 더 없이 깍듯하게 대하던 태도가 어디론가 사라져 버려 다른 교수들도 어색해하긴 마찬가지였다. 학회는 논문 발표 후 충분한 토론도 없이 일찍 끝났다.

그날 저녁, 박 교수가 선약이 있다고 먼저 가버리고, 세영은 이 교수와 함께 택시를 타고 고속버스 터미널에 왔다. 마침 바로 떠나는 표가 있어 기다릴 필요가 없었다. 고속버스 좌석에 앉자마자 이 교수가 말했다.

"아무래도 박 교수를 믿을 수 없어서 내가 미리 하 교수에게 특별히 부탁을 해놨어. 교수회의에서 하 교수가 너를 추천하고, 황 교수가 배 강사를 추천했대. 박 교수가 아무 말도 안 해, 너하고 배 강사 두 사람을 올리기로 최종결정이 된 거지. 결국 총장이 인사결정권을 갖게 된 거구."

"그러니까 박 교수님은 전혀 관여를 안 하신 거네요."

세영의 가슴이 쿵쿵 뛰고, 머릿속에 회오리바람이 일었다.

"그러니까 말이야. 이제 학회장이 됐다고 그러나보지. 내

참.”

이 교수가 일그러진 표정으로 말했다.

“오늘 낮에 총장을 만나봤어. 여러 가지로 네가 유리하다고는 생각하는데. 인사란 건 끝까지 가봐야 아는 거니까. 너무 기대하지는 말고.”

나 때문에 일부러 이곳에 내려오다니, 세영은 이 교수가 원래 이런 수고를 할 사람이 아니라는 걸 잘 알고 있었다.

“그럼, 저 때문에……. 감사합니다, 교수님.”

“고마운 건 아는 거야?”

이 교수가 고개를 돌려 미소를 지으며 세영을 바라보았다.

“네에.”

세영이 고개를 가만히 끄덕이며 들릴 듯 말 듯 말했다. 갑자기 아무 생각도 할 수 없을 만큼 극심한 피로가 세영을 덮쳤다.

“좀 피곤해 보인다.”

“…….”

“좀 쉬어.”

이 교수는 자기 속에서 남성적 보호 본능이 꿈틀대는 것을 느끼며 말했다. 세영이 이렇게 자기 옆에 있다는 것이 흐뭇했다. 더욱이 오늘같이 중요한 시점에 세영을 위해 결정적인 역할을 해준 것 같아 기분이 좋았다. 천금을 준다

해도 하지 않을 일을 한 것이었다. 사실 많이 망설이다가 용기를 낸 거였다.

"저, 좀 쉴게요."

"그래."

세영의 목소리가 애플 망고 속살처럼 부드러웠다. 세영이 새까만 속눈썹을 살포시 내리며 머리를 뒷좌석에 기댔다. 이 교수는 그 모습까지 사랑스러웠다. 도대체 얼마 만에 세영이 자기에게 마음을 열고 다가오는가 싶었다.

조금 있으려니 벌써 잠이 든 세영이 창가 쪽으로 쏠린 고개를 들어 이 교수 어깨 위로 떨어뜨렸다. 어깨 위로 전해지는 세영의 존재감이 이 교수의 허기를 채워줬다. 눈앞에 황홀했던 지난날의 추억들이 주마등처럼 지나갔다. 어쩌면 나에게도 그런 날들이 다시 찾아올지 모른다는 예감에 여릿 감미로운 전율이 일었다.

이 교수는 고요하고 어두운 고속버스 안에서 오랜만에 흡족했다. 어쩌면 행복이 생각보다 가까운 곳에 있을지 몰랐다.

세영이 D대에 자리를 잡고 이따금씩 이곳에 내려와 세영을 만난다. 수지와 함께 만나도 좋으리라. 세영의 마음이 안정되고 여유로워지면 분명 나를 더 다정하게 대할 것이다. 저 멀리 불빛을 뿜어내는 삼간초옥의 행복을 어쩌면 나도 누릴 수 있을지 모른다.

두 사람은 늦은 시각에 고속버스에서 내렸다. 밖으로 나오자 시간을 가늠할 수 없을 정도로 세상이 도시의 온갖 색채의 보석 같은 불빛들로 반짝거리고 있었다.

"한 잔만 하고 가지. 방학인데 좀 늦어도 되잖아."

이 교수 목소리가 강력하면서 간곡했다. 세영의 고개가 푹 숙여졌다. 이 교수의 이마 근육이 위로 바짝 당겨졌다. 도저히 세영의 행동이 이해되지 않는다는 표정이었다.

"왜 그래? 거리에서."

"……."

"너, 뭐야! 그냥 맥주 한 잔 하자는데."

이러지도 저러지도 못하는 세영의 이마에 진땀이 흘렀다. 얼마나 시간이 흘렀을까. 세영은 천 년이라도 지난 것 같았다. 이 교수가 엄한 표정으로 강하게 세영의 손목을 잡아끌며 명령조로 말했다.

"가지!"

순간 세영 얼굴이 완전히 일그러졌다. 이 교수가 세영의 손목을 더 강하게 잡아당겼다. 세영이 몇 걸음 질질 끌려가다가 무릎이 꺾여 그만 땅바닥에 주저앉았다. 세영은 숨이 가빠왔다. 도저히 몸을 움직일 수가 없었다. 세영은 정말 몸이 아프기 시작했다.

"너 왜 이래? 거리에서."

이 교수의 목소리가 세영의 고막을 때렸다. 몇몇 사람들이 힐끗 쳐다보며 지나쳤다. 세영은 뭘 어떻게 해야 할지 몰라 그 자리에 그대로 앉아 있었다. 두 사람을 흘깃거리며 지나가는 사람들이 늘어났다.

세영은 한쪽 손바닥으로 땅바닥을 짚으며 겨우 일어났다. 밀가루를 뒤집어 쓴 것처럼 창백한 얼굴로 이 교수를 쳐다보았다. 이 교수의 미간 근육이 삼지창 모양으로 불쑥 올라왔다. 세영이 모기 소리로 말했다.

"몸이 너무 안 좋아서요, 집에 가서 좀 쉬어야겠어요."

이 교수가 난감한 표정으로 아무 말도 못하고 서 있었다. 삼 분 뒤, 이 교수가 짧은 탄식을 내뱉으며 말했다.

"그래, 오늘은 가서 쉬는 게 낫겠다."

28.

윤미가 D대에 강의 나간 지도 벌써 두 학기가 다 돼 간
다. 강의 중간 틈틈이 윤미는 이사장과의 친분을 쌓았다.
D대 이사장인 정 이사장은 3년 전에 남편과 사별하면서 이
사장직을 맡게 된 60대 중반의 여자로 두 아들이 다 미국
에서 자리를 잡아 혼자 외롭게 살아가고 있었다. 나이보다
젊어 보이고 세련된 외모에, 매사에 맺고 끊는 게 분명한
성격으로 골프를 좋아해서 총장 부인과 골프를 치러 다니
는 게 일상의 낙이었다. 그렇다고 학교 일을 나 몰라라 하
진 않고, 대부분의 일들은 총장에게 맡겨 놓고 크게 관여하
지는 않지만 인사문제와 같은 주요사안에 대해서는 꼼꼼히
챙기는 편이었다. 그녀 역시 교육 사업에 있어서 성패는
무엇보다 인사문제에 있다고 생각하고 있었다. 교육자는 실
력도 중요하지만 인격을 먼저 갖추고 있어야 한다고 굳게
믿고 있었다.

윤미는 올해 들어 한 달에 한번 정기적으로 시고모와 정
이사장, 그리고 총장부인을 모시고 골프 라운딩을 해왔다.
윤미는 본능적 감각으로 나이든 여성, 그것도 혼자 사는 여
성이 무의식중에 필요로 하는 것들을 잘 알고 있었다. 세
분을 모시고 운동을 할 때마다 윤미는 무엇보다 그들이 잃
어버린 젊음을 다시 느낄 수 있게끔 분위기를 밝고 신선하

게 만들기 위해 애썼다. 빠릿빠릿한 동작과 적당한 애교, 유머와 재치, 깍듯한 매너로 세 분 모두 정성껏 모셨지만 절대로 예의에 어긋나거나 절도를 잃지 않도록 신경을 썼다. 다행히 나이든 세 분의 골프 실력이 윤미와 큰 차이가 나지 않아, 그들의 자존심을 눈에 띄지 않을 만큼 교묘하게 만족시켜 줄 수 있었다.

방학을 앞둔 어느 날, 라운딩이 끝나자마자 네 사람은 목욕을 마치고 클럽 하우스 2층에 있는 식당으로 올라갔다. 식사는 이미 윤미가 라운딩을 하면서 주문해 놓은 상태였다. 자리에 앉자마자 윤미가 시원한 맥주를 시켰다. 맥주잔을 부딪히고 이사장이 쭉 들이키는 걸 보고나서 윤미가 입을 열었다.

"이사장님 너무 장타셔서 우리같이 젊은 사람 체면이 말이 아니에요."

"오늘 날씨도 좋고, 최 선생님 덕분에 재밌게 잘 쳤습니다."

"말 놓으세요. 자식 같은 사람한테."

윤미가 이사장을 쳐다보며 곰살맞게 말했다.

"그래, 딸이라고 생각하면 되겠네. 딸도 없는데."

시고모가 이사장에게 웃으며 말하자, 총장부인도 그럼 좋겠다고 옆에서 맞장구를 쳤다. 윤미가 애교 섞인 목소리로 말했다.

"이사장님, 그냥 절 딸처럼 생각해 주세요."

이사장이 웃으며 고개를 끄덕이자, 너무 영광이라고 대답하곤 윤미가 바로 말을 이었다.

"곧 겨울방학인데, 우리 네 사람 태국에 가는 거 어떠세요? 한 삼박사일 정도. 치앙마이가 그렇게 좋다고 들었어요."

"그거 괜찮네. 어떠세요, 시간이?"

시고모가 이사장을 쳐다보며 말했다. 윤미가 이사장의 빈 잔에 맥주를 가득 따랐다.

"글쎄 나야, 가면 좋지. 근데 최 선생님 시간이 괜찮으시겠어요?"

"저 정말 열심히 공부만 했는데, 한번쯤 저에게도 휴식을 주고 싶어요, 이사장님."

"그래, 자네도 좀 쉬어가면서 해야지. 아 참, D대에서 교수채용이 있다던데. 언제쯤 교수 뽑아요?"

시고모가 이사장을 바라보며 물었다.

"이번에 뽑는 거로 알고 있어요."

이사장이 대답하는 순간, 윤미는 심장이 멎는 것 같았다.

윤미는 빈틈없이 태국여행 준비를 했다. 날짜는 겨울방학이 시작되는 12월 중순으로 잡았다.

영주가 아침부터 식탁에서 이번 학예회에 엄마가 안 온

다며 짜증을 냈다.

"이번만 영주야, 다음에 엄마가 꼭 갈게."

"안 돼, 안 돼. 다른 애들은 다 엄마가 오는데."

영주가 식탁까지 밀치며 발버둥을 쳤다. 한바탕 소동이 일었다. 아무리 달래도 말을 안 듣고 영주가 끝까지 투정을 부리자 남편이 마지못해 자기가 대신 가겠다고 나섰다. 한시름 놨지만, 식탁에서 일어나는 윤미의 뒤통수에다 대고 남편이 제발 애들 좀 신경 쓰라며 한 마디 했다. 친정 엄마까지 옆에서 쯔쯔쯔, 듣기 싫게 혀를 찼다.

당신들이 내 속을 어떻게 알겠어, 이러는 나는 뭐 힘들지 않은 줄 알아? 윤미는 혼잣말을 하며 안방에 들어왔다. 화장대 앞에서 거울을 보는데, 불쑥 머릿속에 이번에 D대 T연구소에 가입해서 회원으로 활동하는 게 낫겠다는 생각이 떠올랐다. 윤미는 세영의 핸드폰에 전화를 걸었다.

"여보세요?"

전화로 들려오는 어린 여자아이 목소리에 놀라 윤미가 물었다.

"혹시, 누구?"

"저, 유세영 씨 딸 수지인데요."

"어, 어 그래? …… 어, 엄만?"

"네, 요 앞 슈퍼에 가셨어요."

"어, 그래. 내, 내가 나중에 전화 다시 할게."

전화를 끊는데 윤미는 무언가에 얻어맞은 듯 머리가 멍해진다. 세영은 분명히 결혼을 하지 않았다. 결혼을 했다면 세영이 나에게 말을 하지 않을 이유가 없다. 수지라고 했나? 그 아이의 목소리로 보아 아주 어린애는 아니다. 그렇다면 세영이 독일에서 낳은 애다.

그렇다면, 세영이 미혼모?

윤미는 이번 골프여행이 이사장에게 자기의 존재를 확실하게 각인시킬 수 있는 드문 기회라고 생각하고 최선을 다했다. 모질게 추운 한국의 겨울을 피해 간 태국 날씨는 제법 무더웠지만, 한국 여름처럼 습하지 않아 운동하기에 나쁘지 않았다. 윤미는 어떨 땐 딸같이, 때론 비서같이, 또 때론 친구같이 세 분 모두를 미리미리 알아서 잘 챙겨드렸다. 특히 이사장에겐 아이스크림처럼 달콤하고, 레모네이드처럼 상큼하게, 그리고 무엇보다 살갑게 해드렸다. 한번 교수를 채용하고 나면 통상적으로 몇 년 동안은 뽑지 않을 거라는 생각이 들 때마다 신경이 터져버릴 듯 긴장됐지만, 겉으로는 늘 생글거렸다. 하기야 한국과 달리 날씨 좋겠다, 음식 풍성하겠다, 골프장 시설 좋겠다, 캐디들도 마담 뷰티풀, 마담 뷰티풀을 외치겠다, 결핍감을 느낄 이유는 하나도 없었다.

한국행 비행기 안에서 윤미는 교수채용 과정에 대해 이

사장한테서 자세하게 들어 알게 되었다. 이번에 세영이 서류를 제출할 게 분명하니 세영이 최종적으로 올라올 것도 분명하다. 그렇다면? 왜 세영이 하필이면 D대인가……, 왜 하필이면 이번에 뽑을까. 윤미의 가슴이 개구리 가슴팍처럼 마구 팔딱거렸다.

골프 여행 준비를 한 지가 엊그제 같은데, 벌써 여행 뒤풀이하는 날이라니. 윤미는 언젠가부터 세월이 늘 자기보다 저만치 앞서 가는 듯하다. 며칠 전, 윤미는 사진관에서 미리 뽑아놓은 사진들 중에서 제일 잘 나온 것들을 큰 사이즈로 세 장씩 다시 따로 뽑아달라고 주문해 놓았다. 뒤풀이날인 오늘 아침, 일찌감치 사진관에 들러 사진을 찾은 윤미는 약속 장소로 향했다. 올림픽대로를 운전하며 지나는데 언젠가 이 교수가 세영을 아주 우수한 제자라고 칭찬하던 장면이 떠올랐다. 누군가 자기 가슴팍을 손톱으로 긁어내는 것처럼 속이 아려왔다. 학부 때부터 자기가 항상 세영에게 조금씩 밀리며 지냈다는 생각이 든다. 대학원까지 늘 둘이 같이 붙어다니다 보니 모든 것이 노출되고 사사건건 비교되었다. 지금 생각해 보면 그때마다 자기가 세영보다 학문적으론 재능이 떨어진다고 막연히 느꼈던 것 같다. 세영이 개인적으로 싫은 건 아니지만 내 인생의 걸림돌인 건 분명하다. 박사학위는 세영이 먼저 땄지만, 누가 먼저 교수가 되는가는 아직 알 수 없는 일이다. 윤미는 어금니를 앙 물었다.

일식집에서의 점심은 유쾌했다. 윤미는 사진을 내놓으며 태국 골프장에서 있었던 추억을 얘기하고, 요즘 주목을 받는 패션이나 명품 소식, 싱싱한 와이담까지 미리 준비해 온 대화의 재료들을 즉석에서 맛있게 요리해 내놓았다.

식사 후, 윤미는 이사장과 시고모를 자기 차에 모시고 백화점 명품 코너로 모셨다. 두 분이 옷 사는 걸 옆에서 성심성의껏 도와드리고 차까지 대접한 후에야 모임이 끝났다. 윤미는 자기 차에 두 분을 태우고 먼저 이사장 댁으로 향했다.

"이번에 사회학과에서 교수채용 한다고 들었어요."

운전대를 잡은 윤미가 조심스럽게 백미러를 쳐다보며 물어봤다.

"네, 독일에서 공부하고 온, 미혼인 여자강사하고, 우리 대학 출신 남자강사가 올라왔다고 그러던데요. 왜 과에서 한 사람으로 통일시키지 못하는지 모르겠어요. 정말 이해하기 힘든 사람들이 대학교수들이에요. 언니, 그거 아세요? 대학교수들은 전부 다 딱 두 종류로 나뉜다는 거."

"글쎄? 이상한 사람과 안 이상한 사람?"

시고모가 웃으며 말했다. 이사장이 얼른 말을 받았다.

"틀렸어요, 언니. 이상한 사람과 너무 이상한 사람."

차 안에 한바탕 웃음이 터졌다.

잠시 침묵이 이어졌다. 느슨했던 윤미의 신경 줄이 금방이라도 끊어질 것처럼 당겨졌다. 벌렁거리는 심장을 다스리며 윤미가 조심스레 말했다.

"저, 그 친구 잘 알아요, 이사장님. 유세영이라구."

"그래요? 아, 맞아요, 그러고 보니 우리 최 선생하고 같은 대학 출신인가 보네요."

"네, 대학교, 대학원 다 동기에요."

"그럼 잘 알겠네. 어때요, 사람이 괜찮아요?"

"네, 공부는 뭐……."

"그런데 왜?"

"……."

"왜, 뭔데?"

"이런 말씀 드리기가 좀."

"괜찮아요, 우리 사이에 뭐 어때. 어서 말해 봐요."

"딸이 하나 있어요."

"네? 미혼인데?"

"네."

윤미가 개미같이 작은 소리로 말했다. 갑자기 이사장의 얼굴이 굳어지더니 아무 말이 없다. 몹시 화난 목소리로 혼잣말하듯 말한다.

"내가 그렇게 가정생활이 중요하다고 말했는데……."

옆에서 시고모가 한마디 거든다.

"가화만사성이라고 실력보다 중요한 게 인격 아니야? 학생들이 공부만 배우는 거 아니잖아. 우리 최 선생 같은 사람이 좋은데…… 최 선생은 언제쯤 학위가 끝나지?"

"한 이 삼년 걸릴 것 같아요."

"이사장님, 그럼 나중에 뽑으세요."

시고모가 무 자르듯 명쾌하게 말했다.

29.

　다행히 아빠의 수술은 성공적이었다. 하지만 일상으로 완전히 복귀하는 건 포기해야만 하는 상황이었다. 의사는 재활병원에 입원하길 권했지만 아빠가 완강히 반대하는 바람에 집에 모시고 왔다. 수술을 받고 난 뒤에도 다시 재발할 가능성이 높은 병이라 온 집안이 살얼음을 걷는 분위기였다. 그래도 이만하길 얼마나 다행이냐고 엄마가 되풀이 얘기해도 세영의 마음은 좀체 편해지질 않았다. 세영은 하루에도 몇 번씩 규칙적으로 아빠의 혈압을 체크하고, 음식에도 특별히 신경 쓰고, 스트레칭과 걷기 등 운동을 도와드리고, 수지와 함께 아빠의 팔다리를 주물러 드렸다.

　그리고 바라건대 제발 이번에 아빠에게 좋은 소식을 안겨드릴 수 있기를 소망했다. 제발 이번에, 딱 한 번만이라도 효도를 할 수 있었으면 했다. 전에는 한 번도 한 적이 없었지만 요즘 세영은 밤마다 기도를 하고 잠자리에 들었다. 이번 일만 잘 되면 이 세상에 부러울 것도, 더 이상 바랄 것도 없다고 저 먼 영적 나라에 메시지를 띄워 올렸다.

　하지만 D대에선 아직 아무런 연락이 없었다. 마음이 조금씩 조바심을 쳐댔다. 이번에는 혹시 어쩌면, 하는 기대감과 그동안의 실패의 경험에서 굳어져 버린 좌절감이 하루에도 열두 번씩 교대로 세영의 마음을 쥐고 흔들었다.

그러던 중 이 교수에게서 전화가 왔다. 만나자고 했다. 그런데 이 교수의 목소리에 힘이 없었다. 세영은 어지러웠다. 전신에서 피가 다 빠져나가는 것 같았다.

서울 시내 L호텔, 온통 깜빡이는 색색이 LED은하수 램프로 휘감은 초대형 크리스마스트리 앞에 택시가 멈춰 섰다. 검은 담비 털모자에 검은 모직 롱코트를 입은 남자 직원이 택시 문을 열어주었다. 세영은 약간 현기증을 느끼며 택시에서 내렸다. 옆도 쳐다보지 않고 곧장 라운지 커피숍 안으로 들어섰다.

넓쩍한 라운지 안은 옆 사람과 소곤소곤 이야기하는 몇몇 사람들만 드문드문 앉아있을 뿐, 조용했다. 한쪽 구석에 앉아 있던 이호철 교수가 손을 번쩍 들었다. 세영은 걸음을 빨리 했다. 침통한 표정의 이 교수를 보자 가슴이 서늘했다.

커피를 시키고 나서야 이 교수가 무겁게 입을 열었다.

"어제 이사회가 열렸는데 이사장이 반대했나 봐."

세영의 머리가 핑 돌더니 눈앞의 광경이 이중으로 겹쳐 보였다. 뭐가 뭔지 감을 잡을 수 없었다. 직원이 커피를 두 잔 내려놓고 갔다. 커피를 두어 모금 마시고 나자 조금 정신이 났다. 이 교수도 세영의 안색을 조심스레 살피며 커피 잔을 들었다. 세영이 아무 말이 없자 이 교수가 쓰디쓴 한약을 막 마시고 난 듯한 얼굴로 말했다.

"총장이 깜짝 놀라 왜 그런가 알아봤더니……"

순간, 세영의 눈에 이 교수의 얇은 두 입술만 크게 다가 왔다. 이 교수가 흐흠, 잔기침을 하고 나서 말했다.

"나중에 알아보니까, 네가 애가 하나 있다고……."

세영의 눈앞에 불쑥 나이에 어울리지 않게 침울한 표정 의 수지의 얼굴과 볼이 쑥 들어가고 검은 버섯이 여기저기 핀 아빠의 얼굴이 차례로 떠올랐다.

이 교수가 테이블 너머 세영에게로 상체를 가까이 갖다 대면서 어색할 정도로 진지한 표정으로 말했다.

"이 경우엔 네가 이사장님을 한번 만나보는 수밖에 없을 것 같다. 총장한테서 어젯밤 전화 왔어. 그 수밖에 없는 것 같다고."

세영은 아무 말을 못했다. 이 교수가 상기된 얼굴로 말 했다.

"이사장이 원래부터 이상하게 윤리적인 면에 굉장히 까다 롭대. 결손가정에 대한 편견이 심하대나 봐. 세영아, 네가 직접 만나봐야 이사장 마음이 조금이라도 동하지 않을까? 눈 한번 딱 감고 사정해보는 거야."

"……."

"너도 알다시피 원래 이 학교 이사장이 몇 년 전에 죽고 나서 부인이 현 이사장이 됐잖아. 이런 경우 여자들이 더 융통성이 없는 경우가 많아."

이 교수가 담뱃갑에서 담배 한 대를 꺼내 테이블 위에 두세 번 툭툭 치면서 말했다.

"총장 말은…… 아예 수지를 니 애가 아니라고 하라고 하더라. 오해가 있었던 것 같다고 말이야."

이 교수의 얼굴이 상한 달걀이라도 먹은 듯 구겨졌다. 세영은 초점 잃은 눈동자로 이 교수를 바라보았다. 아무 생각도, 아무 감정도 느껴지지 않았다. 그저 입안이 홧홧하게 말랐다.

세영은 자기가 이 교수와 어떻게 헤어졌는지 기억이 나지 않았다. 막연하게나마 이 교수가 자기 차로 데려다 주겠다고 하는 걸 뿌리쳤던 것 같기는 했다. 택시에서 내려 아파트를 향해 걷는데 서쪽 하늘이 기이했다. 불그스름한 기운이 자기 품안에 노란 기운을 에워싼 채 세상을 다 집어삼킬 듯한 쥐색 먹구름들을 막아내고 있었다. 세영의 심장이 엇박자를 내며 급하게 뛰기 시작했다. 세영은 무언가에 쫓기듯 걸음을 빨리하다가 한 순간 멈추었다.

이사장을 직접 찾아가 수지가 내 아이가 아니라고 하고 교수가 된다, 그렇게 해서 부모님께 효도한다.

세영은 고개를 크게 내저었다. 다시 걸음을 옮겼다. 그리고 다시 멈추었다. 자기도 모르게 흘러내리는 눈물을 주먹으로 훔쳤다.

아무리 교수가 되고 싶어도 수지를 내 딸이 아닌 애로 만드는 건 도저히 상상도 할 수 없는 일이다.

세영은 지금 이 순간 세상이 그만 모든 움직임을 멈추기를 바랬다. 아니 차라리 자신이 이 세상이 아닌, 어딘가로 순간 이동하기를 간절히 원했다. 이 세상이 더 이상 자기에게 거주권을 인정치 않는 것 같았다. 그건 세영도 마찬가지였다. 이 세상이 지긋지긋했다. 스스로 거주권을 반납하고 영원히 떠나버리고 싶었다.

그런데 어떻게 이사장이 수지의 존재를 알게 되었을까?

세영은 지난달인가, 학회 일로 연락한 윤미의 전화를 수지가 모르고 받았던 일이 기억났다. 하지만 가능성이 매우 희박한 일이다. 순간 수지가 엄마 핸드폰을 받았다고 할머니한테 혼나던 것도 생각났다. 세영의 가슴이 미어졌다.

보름이란 시간이 빠르게 흘렀다. 아빠의 건강은 최악은 피했지만, 거동이 불편해 사회생활을 다시 할 수는 없는 상태였다. 주로 누워 지내다 보니 벌써 상노인이 다 된 모습이었다. 세영도 무기력증에 빠진 듯 어떤 일에도 집중이 잘 안 됐다. 피죽도 못 먹은 듯한 얼굴로 툭하면 실수를 연발하는 세영을 보고서 식구들은 이번 D대 교수채용의 결과를 짐작했다. 세영은 자기 감정을 숨기지 못하는 자신이 싫었지만 달리 방법이 없었다. 그동안 이 교수에게서 여러 번 전화가 왔지만 받지 않았다. 그런데 메시지가 또 와 있었다. 세영은 처음으로 답을 보냈다.

그동안 고마웠습니다.
앞으로 제가 교수님께 연락드릴 일은 없을 것 같습니다.
교수님 앞날에 좋은 일만 가득하시길 바라겠습니다.

세영이 문자를 보내자마자 바로 이 교수에게서 답장이 왔다.

세영아, 이번 일은 참 유감이다. 나름으로 최선을 다했는데, 일이 이렇게 돼 아쉬움이 많이 남는다. 인연이 아니라고 생각하고 마음을 가볍게 먹기 바란다. 내리는 눈은 그냥 맞아야지 비로 쓸어 봤자 소용이 없잖아. 몇 군데 다른 대학에도 가능성이 있으니 절대 용기를 잃지 말기를 바란다. 무슨 일이 있어도 내가 널 꼭 도울 거다.
왜 전화를 해도 받지 않는지 모르겠다. 한번 만나 이런저런 얘기를 나누고 싶으니 꼭 한번 연락해주길 바란다.

세영은 문자를 받아보자마자 핸드폰을 닫고 바로 침대 위로 던져버렸다. 갑자기 속에서 알 수 없는 불길이 맹렬히 치솟았다. 박 교수의 백설기처럼 하얀, 넉살 좋은 얼굴이 떠올랐다. 온몸이 떨려왔다. 세영은 침대 위에 엎드려 이불을 거머쥐고 입을 틀어막은 채 울음을 터뜨렸다. 한참을 발작하듯 실컷 울고 나자 심장 맥박이 정상으로 돌아왔지만 힘이 다 소진된 느낌이었다.

세영은 하릴없이 몸을 뒹굴며 그저 생각에만 골몰했다.

그러나, 그러나 나도 이 교수를 멀리하지 않았다. 한국에서 교수가 되려면 어떤 형태로든 연줄이 필요하다는 걸 알았을 때부터 무의식적으로나마 이 교수의 줄을 잡으려고 했음을 부정하기 어렵다.

그렇다면 결국 애초부터 내가 잘못된 길을 선택한 것이 아닐까?

그래, 이 세상 대부분의 일은 다 딜에 의해 움직인다. 어떤 사람도 교수와 같이 중요한 자리를 덜컥 그냥 내줄 수는 없지 않겠는가, 그렇다면 뭔가를, 필요한 그 무언가를 제공하는 자에게 자리가 돌아갈 것이고, 그 무언가를 제공할 수 있는, 그 무언가를 가지고 있는 자는 거의 대부분 이미 어떤 자리에 앉아 있는 남성일 수밖에 없다.

그래, 남성들의 사회는 딜에 의해 움직이는 거다. 그런데 나 같은 여자는 줄 것이 없다. 연줄이 작용하지 않은, 객관적인 성적으로 판정이 나는 직업을 선택하지 않은 게 근본적인 나의 실책이었다.

30.

세영은 며칠을 앓았다. 기력이 너무 쇠해, 의식을 잃고 까무러치다시피 잠이 들었다가 괴상망측한 악몽에 놀라 잠에서 깨어나는 일이 반복됐다. 하지만 아빠가 아직 회복되지 않은 상태라 최대한 아픈 걸 감추려 애썼다. 식사 시간엔 꼬박꼬박 테이블에 앉아 억지로 밥을 목구멍에 밀어 넣었고, 아빠를 보좌해야 하는 일을 놓치지 않고 최대한 해냈다.

상태가 조금 나아지자 세영은 다시 일어났다. 다시 삶의 출발선에 선 느낌이었다. 이제 자기가 할 수 있는 일이 과연 무엇일까, 생각에 생각을 거듭했다. 하지만 아무리 생각을 해도 알맹이가 잡히질 않았다. 그저 시도 때도 없이 가슴이 모래 언덕처럼 무너져 내리고 눈가엔 물기가 잡힐 뿐이었다. 이젠 아빠를 대신해 자기가 가장이 될 수밖에 없는 현실이 눈앞에 성채처럼 우뚝 서 있었다. 기댈 수 있는 나무 한 그루도, 붙잡을 수 있는 풀 한 포기도 없는 상황이었다.

세영은 마지막 한 톨의 에너지까지 그러모아 냉철하게 사고를 거듭했다.

세영에게 이제 삶이란 더 이상 이상을 실천하는 곳이 아니라 생존을 해내야 하는 곳이었다. 심지어 자기가 살기 위해 너의 것을 갈취하기도 하는 곳, 그것이 여태까지 인류가 살아온 삶의 모습이었다. 결국 더 낮은 곳에서 더 강한 전사로 거듭나 다시 지상으로 기어오르는 것, 그것이 세영이 가야 할 길이었다.

결국 세영은 이젠 교수가 되지 않을 수 있음을 인정하고, 시간강사든 무엇이든 할 수 있는 거라면 다 해야겠다고 다짐했다. 글을 쓰고 번역을 하고 책을 내는 것이든, 연구소나 출판사에 취직하는 것이든 할 수 있는 거라면 뭣이든 다 하리라. 남에게 구걸하거나 해를 가하는 행위만 아니면 뭐든지 해야 된다고 다짐했다. 이제 T연구소 총무 일은 그만두고, D대 강의는 유지하되 다른 대학 시간강의 자리부터 알아봐야 한다. 어쩔 수 없이 S대 윤준기를 만나 부탁해봐야 할지도 몰랐다.

세영이 이렇게 조금씩 삶의 의욕을 다잡고 있는데 민우에게서 정말 오랜만에 연락이 왔다. 일 년도 넘게 없었던 연락이었다. 전화를 받으며 세영은 그동안 자기 마음에서 그의 존재를 털어내려고 자기가 얼마나 애썼는지를 통렬히 깨달았다. 부드럽고 살가운 그의 목소리가 귀에 전해지는 순간, 언제 그랬냐는 듯 세영의 차가운 가슴이 갓 데워낸 빵처럼 부풀어 올랐다. 세영은 스스로 좀 어이가 없었지만 다시 그를 만난다는 기쁨이 그 모든 것들을 압도해버렸다.

노인의 눈썹처럼 희끗희끗한 띠로 뒤덮인 북한산엔 평일이라 그런지 사람이 그리 많지 않았다. 하늘은 맑고 눈이 시리도록 파랬다. 두 사람은 배낭을 메고 말없이 겨울 산을 오르기 시작했다. 누런 잡풀들과 잿빛 잡목들 뒤로 크고 작은 바위들이 산을 지키고 있었다. 바위틈 사이에 켜켜이 쌓여 있는 하얀 잔설의 모습이 장인이 조각해 놓은 문양처럼 정교하다. 고개를 들자 파란 하늘을 배경으로 나목의 잔가지들이 쭉 쭉 뻗어 있다. 마치 대가가 거침없는 붓질로 굵고, 가는 선을 파란 캔버스 위에 그려놓은 한 폭의 추상화 같았다.

배낭 밑 등바닥에 땀방울이 송글송글 맺히기 시작했다. 세영은 잠시 걸음을 멈추고 받은 숨을 토해냈다. 뒤에서 따라오던 민우가 세영 옆에 다가와 섰다. 숨을 가다듬는 민우의 얼굴에서 청량한 기운이 뿜어져 나오고, 벌어진 입에선 허연 입김이 비어져 나왔다. 두 사람은 아무 말 없이 여린 미소를 주고받았다. 세영은 민우의 뒤를 따라 옆으로 난 오솔길로 들어섰다. 길옆엔 하얀 고깔모자를 쓴 소나무들이 저마다 독특한 자태로 서 있었다. 주위엔 사람이 하나도 없었다. 말없이 걷던 민우가 나뭇등걸에 다가가 얇은 솜이불을 털어냈다. 배낭에서 수건을 꺼내 올려놓고 세영에게 앉으라고 권했다. 세영이 앉은 자리로 발밑의 눅눅한 대지에서 쌉싸름한 내음이 올라왔다. 세영은 어깨를 천천히 들어 올리며 그 천연의 향을 흠씬 들이마셨다. 민우가 배낭에서 보온병을 꺼내 세영에게 커피 한 잔을 건넸다. 자기도 커피 한 잔을 따라서 옆에 있는 소나무 줄기에 몸을 기댔다. 민우가 조심스럽게 입을 열었다.

"그동안 어떻게 지내셨어요?"

세영이 덤덤하게 그동안 있었던 일들을 간략하게 대답해 주었다. 민우의 동공이 조금씩 커졌다. 민우가 손바닥으로 자기 얼굴을 한번 쓸어내리곤 낮게 깔린 목소리로 말했다.

"연락을 못해서 죄송해요. 하필이면 제일 힘들 때 제가 옆에 없었네요."

머리를 긁적이며 말하는 민우의 눈이 햇살을 받아 투명하게 빛났다. 죄를 짓지 않은 눈빛이다. 세영의 마음 속 원망이 풀풀 풀려나간다. 그동안 어디에서 무얼 했냐고 묻고 싶지만 참았다.

"아니에요. 민우 씨도 그동안 쉽지 않은 시기를 보낸 것 같은데요, 뭐."

세영의 눈길이 건너편에 서 있는 소나무에 가닿았다. 줄기가 밑동에서 꼭대기까지 계속 뒤틀려 있다. 비바람에 맞서 자기 몸을 줄기차게 꼬아감으로써 살아남은 형상이다. 용트림하는 줄기엔 온통 거친 상처투성이뿐이다. 거북이 등 모양으로 갈라진, 두툼한 껍질 사이로 피가 엉겨 붙은 듯 붉은 속살이 삐져나와 있다. 무슨 고통이 그리 많았을까.

세영은 한기를 느꼈다.

"전 겨울나무가 참 좋아요. 추울수록 다 벗고, 다 버리고. 최소한의 본질만 갖고 버텨 나가는 근기(根氣), 자기 전부를 정직하게 그대로 드러내는 용기가……."

착 가라앉은 민우의 목소리가 세영의 귓가에 다가왔다. 마치 사찰의 저녁 종소리가 잔잔히 울려 퍼지는 듯한 느낌이었다.

민우가 커피를 한 잔 더 따라주었지만, 세영은 커피를 들고만 있을 뿐 마시지 않았다. 무언가에 사로잡힌 듯 시선을 고정시킨 채 미동도 하지 않았다. 민우가 사과를 깎다 말고 세영을 가만히 쳐다보았다.

"나무는 참 좋겠어요."

"……."

"교수가 되지 않아도 되고,…… 그저 자기이기만 하면 되잖아요."

세영의 이마에 파란 정맥이 지렁이처럼 가느다랗게 곤두섰다.

민우가 옆에 다가와 세영의 어깨를 가만히 감싸 안았다.

며칠 뒤, 몸과 마음이 좀 평안해지자 세영은 하 교수에게 전화를 걸었다. 아무래도 이번 D대 교수채용의 뒷소식이 궁금했다.

Y 시내에 있는 커피숍은 역에서 멀지 않은 대로변에서 옆 골목으로 조금 돌아들어간 곳에 있었다. 세영이 두꺼운 유리문을 천천히 밀고 들어가자 창가 테이블 앞에 앉아있던 하 교수가 손을 번쩍 들어 반겼다.

두 사람은 안부를 교환하고 나서 약속이나 한듯 아무 말 없이 커피를 마셨다. 언제나 무사태평하게만 보이던 하 교수의 얼굴에 떫은 감이라도 씹은 듯한 표정이 떠돌았다.

"결국 이번에 우리 과에선 교수를 안 뽑기로 했어요. 이사회에서 그렇게 하기로 결정해서…… 죄송하게 됐습니다."

"그랬군요. 죄송하시다니요."

"유 선생한텐 참 미안하게 됐어요. 할 말이 없어요. 당연히 유 선생이 될 거라고 생각했는데. 왜 학교 측에서 미루기로 했는지 모르겠어요."

"……."

"다음엔 꼭 뽑을 거니까 한번만 더 기다려 보시죠."

잠자코 있던 세영이 입을 열었다.

"네에. 그런데 저, 조금 궁금해서요. 왜 박 교수님은 저를 안 밀었을까요?"

"글쎄 사실 나도 그게 궁금했는데. 내 생각에는 아마 유선생하고 전공이 겹치는 부분이 있어서 견제한 게 아닌가, 해요. 유 선생 실력이 워낙 출중하시잖아요."

세영의 머릿속이 복잡해진다. 잘 짐작이 되지 않는다.

"……."

"박 교수가 그러면 안 되는데."

하 교수가 씁쓸한 듯 입술을 양쪽으로 당기며 고개를 절레절레 흔든다. 하 교수의 입이 굳게 닫혔다. 순간 세영의 눈앞에 살집 좋은 박 교수의 빙그레 웃는 얼굴이 떠올랐다. 숨이 가빠지면서 마음이 요동치기 시작했다. 세영은 자기 얼굴이 일그러지고 있다는 것을 의식했다. 쫓기듯 서둘러 말했다.

"교수님 고마워요, 저 때문에 이렇게 일부러 나와 주시고."

세영은 진심으로 하 교수가 고마웠다.

"당연히 나와야죠. 그동안 유 선생님이 우리 과를 위해서 얼마나 애썼는데."

세영은 하 교수를 만나러 내려오면서 박 교수가 총장 자리를 노리기 때문에 본교 출신 교수들과 사이가 틀어지지 않으려고 자기를 밀어내지 않았나, 추측했었다. 전공이 일치하는 부분이 있어서 견제한 것 같다는 하 교수의 생각은 전혀 짐작조차 하지 못한 일이었다. 뒤통수를 한 대 세게 얻어맞은 듯 어이가 없었다. 어찌 됐든 박 교수는 그동안 교수 자리를 놓고 교묘하게 나를 이용해 온 것이 분명했다. 다시 분노가 폭발하려 했다. 하지만 이제 다 끝난 일이었다.

31.

  어김없이 또 새해가 돌아왔다. 신학기를 완전히 새로운 마음으로 맞이하고 싶었지만 그게 세영은 마음처럼 쉽지 않았다. 그런데 오늘 민우에게서 뜻밖의 전화가 왔다.

  "혹시, 오늘 시간 괜찮으시면 만날 수 있을까요?"

  한 옥타브 올라간 목소리에 꾹꾹 눌러 담은 흥분이 그대로 전해진다. 게다가 전에 없이 밝고 힘찬 기운이 흘러넘쳤다. 세영은 마치 커다란 선물을 받는 느낌이었다. 그런데 하필이면 친구를, 베를린 U대학에 다니는 김은성을 저녁에 잠깐 먼저 만나야 한다고 했다. 먼저 잡힌 약속이라고 했다.

  "네, 알겠어요. 근데 무슨 좋은 일이 있지요?"

  세영은 궁금증을 누르기 힘들어 물어보았다. 저쪽에서 아무 반응이 없었다. 한참을 망설이고 있는 게 느껴졌다. 세영은 전화가 끊긴 게 아닌가, 했다.

  "저, 이번에 문학공모전에 당선됐어요."

  너무 작아 들릴 듯 말 듯하던 민우의 목소리가 크레셴도로 이어졌다. 미세한 전율이 빠르게 세영의 등골을 타고 내려갔다. 남의 일인데도 눈물이 핑 돌 정도로 기뻤다.

  그래, 어쩌면 그의 말대로 이 세상엔 쉬운 일도 없지만 안 되는 일도 없을지 모른다.

　세영은 기다림의 시간을 최대한 즐기기로 마음먹었다.
적어도 오늘만큼은 그냥 자기를 잊고 싶었다. 시간이 너무
더디게 흘렀다. 세영은 이른 저녁을 먹자마자 욕조에 뜨거
운 물을 받았다. 뿌연 수증기 안에서 실로 오랜만에 온 신
경 세포에 휴식을 주고, 행복한 기대감만 오롯이 향유했다.
그리고 조금 있다 만날 민우라는 사람의 존재를 구석구석
음미해보았다. 맑은 눈망울과 길쭉한 얼굴형에 살짝 각진
턱선. 청아한 음색과 나직하고 리드미컬한 목소리. 게다가
요즘 사람답지 않은 진중함과 따뜻함이라니. 보고픈 마음이
뽀글뽀글 올라오면서 세영의 가슴에 압박을 가했다. 심장이
저릿 눌려오면서 살아있음의 희열이 밀물처럼 전신에 퍼져
나갔다. 세영은 거울을 쳐다보며 드라이기로 머리를 말리는
것도, 전신 거울 앞에서 옷맵시를 살펴보는 것도 이토록 설
레는 일인 줄 예전엔 미처 몰랐었다.

　세영은 조금 일찍 밖으로 나왔다. 그를 생각하며 여유
있게 길을 걷고 싶었다. 오늘밤 왠지 무언가 좋은 일이 있
을 것 같은, 이상한 예감에 마음이 펄럭거렸다. 하늘도 이
에 동참하듯 어둠 속에서 가느다란 하얀 눈가루를 펄펄 날
려주었다. 가로등 불빛을 받은 작은 보석 알갱이들이 마치
공중에서 환희에 부르르 떠는 듯했다. 세영은 처음 민우를

222

알게 됐을 때 그냥 친구로 생각하려고 했다. 지금 생각해 보니 그건 실현하기 어려운, 거짓 노력이었다. 이젠 그냥 자신에게 솔직해지고 싶었다. 오늘밤은 왠지 그 모든 게 허용될 듯했다.

이때 갑자기 옆에서 오토바이 한 대가 휙 지나갔다. 혹, 회오리바람이 한 움큼의 눈가루를 세영의 눈앞에 쏟아 부었다. 머플러가 풀려나갔다. 세영은 흠칫 제자리에 멈춰 섰다. 문득 민우 씨에게 자기의 존재는 무얼까, 하는 의문이 들었다. 세영은 의구심의 늪에 점점 빠져들었다. 자기 존재가 부끄럽기만 했다. 무엇 하나 이루어 놓은 게 없었다. 사랑을 꿈꾸는 자신이 한심했다.

세영은 비참한 기분을 떨치지 못한 채 터벅터벅 걸음을 옮겼다. 바람이 많이 잠잠해졌다. 저만치 약속장소가 나타났다. 가슴이 두근거리기 시작했다. 텅 빈 세영의 마음에 새로운 희망이 슬금슬금 되살아났다.

그래도 그가 나를 좋아한다는 것만큼은 분명하지 않을까? 무엇보다 오늘 걸려온 그의 전화 목소리가 그걸 증명해준다. 기쁨을 감추지 못하고 흥분에 떨며 나에게 건네던 한 마디, 한 마디가 바로 사랑이 아니라면 무엇이겠는가. 새가 깃털로 바람의 존재를 느끼듯 나도 그렇게, 그의 음성의 진동만으로 그의 사랑을 느낄 수 있다. 그래, 다른 건 다 몰라도 이 사랑은 분명히 존재하는 거야.

세영은 집 근처 지하철 옆 건물 2층에 있는 와인 바의 문을 열고 들어섰다. 별로 사람이 많지 않은 실내에 아직 민우의 얼굴이 보이지 않았다. 세영은 감미로운 초록빛 갓 조명이 포근하게 감싸고 있는, 창가 구석 테이블에 가 앉았다.

이상한 일이었다. 늦은 밤인데다 약속시간이 한참 지났는데, 아직 아무 연락이 없었다. 한 번도 없던 일이었다. 더 거세진 눈발이 어두컴컴한 창을 풀기 어려운 암호 모양으로 가득 메웠다. 세영은 점점 불안했다.

이때 민우가 온 몸에 눈을 뒤집어쓴 채 들어왔다. 손을 들어 환영하는 순간 세영은 무언가가 잘못되었다는 것을 직감했다. 민우의 얼굴이 마치 한참을 울고 난 사람 같았다. 세영이 기대했던 얼굴이 아니었다. 멀리서도 그를 다른 사람과 구별시켰던, 따사로운 사랑의 광휘로 조용히 빛나던 그 얼굴이 아니었다. 세영의 심장이 말라비틀어진 대추처럼 쪼그라들었다. 목구멍에선 뜨거운 숨이 비어져 나왔다.

"늦어서 미안해요."

민우의 목소리 역시 아까 전화로 들었던 그 목소리가 아니었다. 민우가 자리에 앉지 않고 한참 동안 몸에 붙어있는 눈을 털어냈다. 세영보다 훨씬 더 오랫동안 걸어온 티가 역력했다.

세영의 마음이 어느새 캄캄한 밤, 겨울 바다처럼 착 가라앉았다. 세영은 민우에게 와인을 따라주고 자기 잔도 채웠다. 민우와 잔을 부딪치고 눈을 쳐다보는데 그가 눈을 마주치지 못한다.

"축하해요."

"고마워요."

목소리에 힘이 하나도 없었다. 세영이 용기를 내 말했다.

"그런데 무슨 안 좋은 일 있었나 봐요."

시간이 헛되이 지나갔다. 아직 입을 열지 않는 민우의 얼굴 표정이 말이 아니다. 여기 오기 바로 전에 무슨 일이 있었던 게 분명했다.

"김은성 선배는 잘 있어요?"

민우는 나직하게 김은성의 사업 계획에 대해 이야기했다. 결국 박사학위는 포기하고 오파상을 한번 해보려 한다고 했다. 말을 하는 내내 민우의 시선이 점점 아래로 떨어진다. 세영의 심장도 무거운 추가 달린 듯 자꾸 밑으로 가라앉는다.

"김 선배하고 무슨 일 있었지요?"

민우가 대답을 못하고 작은 한숨을 내쉬었다. 이마엔 긴 가로 주름이 둘 셋 굵게 잡혔다 사라지고, 입가엔 잔주름이 생겼다 지워졌다.

세영은 결국 자정이 다 되어 겨우 민우의 속마음을 털어놓게 만들었다. 김은성이 수지의 아빠가 누구인지 알고 있다고 말했다고 했다. 십여 년 전 일이었지만, 베를린 U대학 앞에서 세영이 이호철 지도교수와 함께 작은 호텔에 들어가는 모습을 보았다고. 바로 그 때로부터 십 개월 뒤에 수지가 태어났다고.

세영은 지금껏 남자가 그토록 어색해하고, 그토록 어찌할 바를 모르고, 그토록 고뇌하는 모습을 본 적이 없었다. 그런 모습을 보는 것 자체가 세영에겐 감당하기 너무 힘든 고문이었다.

유리창엔 희끄무레한 눈발이 쉼 없이 불나방처럼 달라붙었다 힘없이 흘러내렸다.

반듯한 세영 씨

초판 1쇄 2022년 12월 20일

지은이 | 김영숙

펴낸곳 | 문학여행
발행인 | 고민정
주　소 | 서울특별시 서대문구 연희로37길 77-13 402호
홈페이지 | www.bookjour.com
이메일 | contact@bookjour.com
전　화 | 1600-2591
팩　스 | 0507-517-0001
원고투고 | edit@bookjour.com
출판등록 | 제2021-000020호

ISBN 979-11-88022-52-6 (03810)

문학여행은 출판그룹 한국전자도서출판의 출판브랜드입니다.